동시대단막극선 2

(사)한국극작가협회
희곡아, 문학이랑 놀자 운영위원회 엮음

동시대단막극선 2

오태영 밥

김성진 먹감나무 아래 있는 집

박지연 샤인

이강백 보석과 여인

전옥주 아버지와의 약속

이현 마주보지 않는 거울

연극과인간

서문

홍창수(고려대 교수 · 극작가)

이번에 두 번째로 『동시대단막극선』이 출간된다.

매우 기쁘다.

첫 책이 출간되었을 때만 해도 이런 기획의 책이 지속적으로 출간될 수 있을까 걱정하였다.

국내에서 희곡이 유통되는 시장의 규모가 매우 제한적이기 때문이었다.

그러나 첫 책은 멋있게 출간되었다.

이 책에는 한국 현대극의 훌륭한 원로 극작가이신

윤대성, 노경식, 이현화 선생님의 대표 단막극과 신인 극작가들의 단막극이 함께 실렸다.

그리고 이 단막극들이 모두 낭독공연을 통해 조명을 받았다.

한국극작가협회만이 해낼 수 있는 멋진 기획과 공연이었다.

이번에는 이강백, 오태영, 전옥주 극작가 선생님들의 단막극과

김성진, 이지영 신인 극작가들의 단막극이 한자리에 모였다.

여기에 윤대성 희곡상 당선작인 박지연의 희곡이 보태져서 더욱 내용이 풍성해졌다.

단막극은 한국 극작가와 희곡 발전에 중요한 밑거름이다.

『동시대단막극선』의 지속적인 발간은 창작극과 극작가가 부족한

한국 연극 생태계에서 중요한 역할을 하리라 믿는다.

차례

보석과 여인

이강백

등장인물

그이
그녀
남자

무대

보석세공인(宝石細工人)의 방. 어떤 날 아침. 밤새껏 보석을 다듬던 그이는 죽어가고 있다. 독이 퍼지듯이, 처음엔 다리부터 차츰차츰 머리 쪽으로 그이의 육신은 재로 변한다. 마침내 멈춰지는 보석 연마기(研磨機). 재가 된 그이의 손 위에 갓 다듬어진 보석이 남아 있다.
방의 구석진 곳에서 그이의 죽음을 지켜보던 남자, 회색의 널따란 보자기를 펼쳐 그이를 덮어 준다. 잠시 침묵. 남자는 보자기 밑으로 손을 넣는다. 한 움큼 재를 꺼낸다. 손가락 사이로 그 미세한 가루가 흘러내려 흩어진 것을 바라본다.
그녀가 들어온다. 그이와 치를 결혼식을 위해 순백(純白)의 옷을 입고 있다. 처음에 그녀는 방안의 광경을, 그 광경의 의미를 이해하지 못한다.

남자 부드럽군요.

그녀 (침묵)

남자 가벼웁기도 하구요.

그녀 (침묵)

남자 아가씨, 난 그저 이렇다는 생각밖엔 안 듭니다.

그녀 어떻게 된 거죠?

남자 부드러움… 그것뿐입니다, 아가씨.

그녀 (비로소 경악하며) 설마 그이가….

남자 지금 이렇게 재가 되어 휘날리고 있습니다.

그녀 전 그이의 부인이에요. 뭔가 이상했죠! 어젯밤 늦게 당신이 그이를 뵙겠다구 왔을 땐 왠지 섬찟했어요. 말씀 좀 해보세요. 당신이 밤새껏 그이와 여기 이 방에 계셨잖아요?

남자 부인, 아니 아직 결혼식을 치르지 않으셨으니까 아가씨라야 옳겠지요. 하지만 원하신다면 부인이라 불러는 드리지요. 아, 그런 눈으로 날 보지 마십쇼. 내가 뭘 어떻게 했다는 건 아닙니다. 어젯밤 부인께서 문을 열어 주셨을 때, 그때 내가 들고 왔던 그 작은 상자를 의심하시나 본데…

그녀 그래요. 그 속엔 뭐가 있었죠?

남자 돌입니다.

그녀 돌?

남자 네. 어떤 돌은 말입니다, 사람들이 다듬어서 보석을 만들지요. (보석을 가리키며) 이걸 보십쇼. 부인의 그이께서 밤새껏 다듬으신 겁니다. 참, 다시없는 솜씨에요. 여든여덟, 이 각면체(角面体)들이 서로 치밀하게 아물려서 한 점 빈틈이 없거든요. 부인, 이건 보석으로서의 가장 완전한 모양입니다. 일단 이 안으로 들어온 빛은 밖으론 절대 새어나갈 수가 없습니다.

그래서 시간이 오래될수록 이 보석의 내부엔 자꾸만 빛이 축적되는 겁니다. 마침내는 하늘에서 방금 뜯어내온 별처럼 찬란하다 못해… 그렇습니다, 부인. 이건 한낱 여인을 장식하기보다 저 장엄한 하늘의 별이 되어야 하는 겁니다.

그녀 그런 건 상관없어요. 저에게 지금 소중한 건 그이에요. 어디 계시죠, 그인?

남자 바람에 흩어지고 있군요.

그녀 제발 좀 저에게 가르쳐 주세요.

남자 그인 계약을 어기셨습니다. 보석을 이런 완전한 모양으로는 다시 깎지 않겠다는, 그런데 그걸 어기신 겁니다. (보석을 내밀며) 사랑하는 부인께 대신 이걸 전해 달라 하시더군요.

그녀 그이가 안 계신다면, 아, 이런 것이 무슨 소용 있겠어요!

남자 진정하십시요, 부인. 이렇게 깎인 보석은 세상에서 단 하나 이것뿐입니다.

그녀 하나라구요! 수천 개인들 그게 무엇일까요! (보석을 내던지며) 아무 소용없어요, 저에게. 그이면 됐던 거예요. 그이라면 다 황홀하게 꾸미고도 남았어요! 오, 차라리 저에게 재앙을 주세요! (비탄으로 울부짖으며 나간다)

남자 (보석을 주워들고) 쯧쯧, 인간들이란 가장 완전하며 가장 소용없는 걸 만든단 말이야. 난 이해 못 하겠어. 기껏 그들 꼴을 보며 웃는 수밖에. (키득키득 웃는다) 웃는 것도 싫군. 그저 이 돌을 하늘에 던져 올려 별이나 만들자.

(암전(暗転). 울려 퍼지는 결혼 축하곡. 사원(寺院)의 종소리. 사람들의 환호성이 거리를 메운다.

그이는 창밖을 바라본다. 노인. 구부러진 허리. 백발(白髮). 살갗은 고목의 껍질 같다. 그이는 한숨을 쉰다.
남자, 어느 사이에 들어와 구석진 자리에서 지긋이 한탄하는 그이를 지켜본다.)

남자 어찌 그리 탄식을 하십니까?

그이 당신은? 당신은 누구요?

남자 아, 저 환성은 하늘까지 흔들릴 정돕니다. 도시가 온통 야단났군요. 노래 부르며 어울려 떠들고 그리곤 마셔댑니다. 그런데 오직 당신만이 한숨을 쉬시다니. 오, 그건 뭡니까? 당신의 손가락 사이에서 빛이 쏟아집니다!

그이 (쥐었던 손을 펼쳐 보석을 드러내 보인다)

남자 보석 아닙니까?

그이 그렇소.

남자 놀랍군요! 세상을 두루 돌아다닌 난데, 이런 건 처음 봅니다!

그이 마침내 깎아낸 거요. 완전한 모양의, 그 비법의 세공술을 터득해냈소. (한숨을 쉬며) 그러나 왠지 기쁘지가 않구려.

남자 왜요? 왜 기쁘지 않으시다는 겁니까?

그이 난 이것 때문에 일생을 다 바쳤소. 친구 하나 사귀지 않았고, 뭇 처녀들이 문 앞에 모여와 소곤거려 불렀는데도 난 그저 홀로 이 어두운 방에 틀어박혀 보석을 다듬고 있었소. 낮과 밤도 몰랐소. 계절이 어떻게 바뀌는지 모두 내 알 바 아니었소. 오로지 완전한 모양의 여기 이런 것을 깎고자 했던 거요.

남자 그런데 오늘에야 이루셨군요.

그이 (손바닥 위의 보석을 뚫어지게 바라보며) 그렇소. 하지만 내가 지금까지 이 완전한 것을 바라왔던 건, 나 자신의 기쁨을 위해서가 아니었던 것 같소. 내 말을 알겠소? 내가 갖기 위해서, 내 소유가 되는 것만으로 만족하려 했다면 난 지금 이렇게 탄식하고 있을 리 없지 않겠소?

남자 글쎄요….

그이 내가 지금까지 이 완전한 것을 바라왔던 건, 알고 보니, 남을 주는 기쁨 때문에 그랬던 것 같소.

남자 오, 이제야 알 것 같습니다. 나도 그런 경험이 있었거든요. 난 어떤 희귀한 씨앗을 얻어서, 그걸 심과 가꿔 아름다운 한 송이 꽃을 피우게 되었습니다. 물론 그렇지요, 나 혼자 보기 위한 꽃이라면야 그렇게 애를 쓰고 공들여 가꾸진 않았을 겁니다. 그저 볼품없는 꽃일지라도 혼자 만족할 순 있으니까요. 그러니 그 희귀하고 아름다운 꽃을 타인에게 주고자 했던 겁니다. 하지만 결국은 어떻게 되었는지 아시겠습니까? 막상 꽃을 꺾어 들고 돌아다녀 보미 그걸 줄 만한 사람이 없더군요. 이 집 저 집 창문만 기웃거리다가 마침내는 돼지우리 속에 던져 버리고야 말았습니다.

그이 (신음처럼 깊은 탄식을 한다)

남자 바로 그런 경우가 아닙니까, 탄식하시는 건?

그이 그렇소.

남자 참으로 묘한 일이군요. 일생을 다 바쳐 마침내 바랐던 걸 성취 하고서도 한탄해야 하니 말입니다.

그이 이 부질없는 것에 평생을 매달렸다니….

남자 전혀 없습니까, 드릴 만한 사람이?

그이 있다면야 왜 내가 후회 하겠소? 보이소, 나를. 머리는 새하얗고 허리는 굽어 버렸소. 목소리는 쉬어 터졌으며 살갗은 어느새 흉측하게 찌그러졌소. 어리석다는 건 바로 이렇소.

차라리 이따위 걸 소망하기보다 한 여인을 사랑하는 쪽이 더 옳았던 것 같소. 더구나 오늘 거리엔 결혼식의 행렬이 지나갔소. 난 어여쁜 신부를 보았소. 그리고 하염없이 울었소. 만약 나에게 다시 젊음을 준다면, 한 번 다시 젊음을 준다면….

남자 왜 말씀을 그만두십니까?

그이 아, 그건 불가능한 거요.

남자 궁금한데요. 다시 젊음을 준다면 어떻게 하시겠습니까?

그이 한 여인을 사랑하겠소.

남자 글쎄요. 그것 역시 결국엔 후회되지 않을까요?

그이 아니요. 난 결코 후회하지 않을 거요!

남자 사랑 역시 당신이 늘 소망했던 그 완전한 보석과 같은 거지요. 말하자면 당신은 한 여인을 완전히 사랑하고자 할 겁니다.

그이 물론이요, 나는.

남자 그렇다면 어찌 될 것 같습니까? 당신은 그 여인에게 당신의 사랑을 드러내보이기 위해, 이 세상에서 가장 완전한 형태의 보석을 다듬어 주고자 할 겁니다.

그이 당연히 난 그럴 거요.

남자 아, 욕심도 많으시군요. 완전한 사랑과 완전한 보석, 그 두 가지를 모두 갖고 싶지 않는 사람이 어디 있겠습니까? 그중 하나만이라도 가질 수 있다는 것에 만족하셔야지요.

그이 (손 위에 놓인 보석을 바라보며) 내가 한 여인을 사랑할 수 있게 된다면 난 이것을 기꺼이 포기하겠소.

남자 (냉소하며) 그랬다가 다시 만드시려구요? 만약 당신이 터득한 그 완전한 형태의 보석 세공술(細工術)을 포기하신다면, 난 당신의 사랑을 위해 젊음을 다시 드릴 수도 있겠습니다만….

그이 누구요? 당신이 누구이기에 다시 젊음을 주시겠다는 거요?

남자 저, 어떻게 하시렵니까?

그이 당신이 설마…?

남자 그것 보십시오. 당신은 후회한다는 말을 하면서도 보석을 포기하진 못하는군요.

그이 (보석을 남자에게 내던진다) 젊음을 주시오! 당신이 그렇게 할 수 있다면!

남자 계약하셔야 합니다.

그이 좋소. 어떤 계약이요?

남자 만일 당신이 이런 완전한 형태의 보석을 깎을 경우엔 당신은 늙어버립니다. 그리고 그 즉시 재로 변해지고 말 겁니다.

그이 계약하겠소!

(남자, 두 손을 드높이 쳐든다. 장생도(長生図)를 그린 옷깃이 팔 아래로 펼쳐져 내려온다. 남자는 옷깃으로 그이를 가리고 주문을 왼다. 땅에 떨어진 보석이 불이 되어 타 오른다. 마침내 그 불이 다 사그라져 꺼졌을 때 남자는 두 손을 내리고 청년이 된 그이가 나타난다.)

그이 아, 나를, 이런 나를 믿어도 좋습니까!

남자 감탄만 하고 있을 겨를이 없어요. 어서 나가서 사랑하고 싶은 여인을 만나십시오.

그이 물론 난 나갈 겁니다. 이 오랫동안 닫아 놨던 문을 열어젖히고 말입니다. 그런데 나는 어디로 가야 합니까?

남자 (잠시 무엇인가를 점치더니) 우선 역(駅)으로 가보시지요. 막 출발하려는 기차가 있을 겁니다. 당신은 차표 하는 남자에게 43번 좌석을 달라고 하십시오. 잊어선 안 됩니다. 꼭 43번 좌석을요. (퇴장한다)

그이 잠깐만! 아, 잠깐만 내 말을! 가버렸구나. 어찌 됐든 탄식은 끝났다. 이 젊음! 그 부질없는 것을 쥐어 잡고 한숨 짓던 그 늙은이, 그 늙은이는 이제 내가 아니다. 그래, 어리석다는 건 그것 한 번으로 충분해. 암, 그렇고말고! 잘 있거라, 이 어두운 방이여. 맹세코 다시는 돌아오지 않겠다. 난 떠난다. 녹슨 문고리를 힘껏 잡아당기고 삐거덕 거리는 후회의 문을 나선다. 이 신선함! 이 매혹적인 거리! 보라. 만물은 살아 움직인다. 역전 광장이다. 난 재빠른 걸음으로 질러간다. 기적이 울린다. 다급하게, 재촉하듯이, 기적이 울린다!

(남자, 역 직원의 모습으로 등장해 무대를 정리한다. 보석 연마기를 변조시켜 탁상으로 만들고 그곳에 〈차표 파는 곳〉이라고 쓴 안내판이 달린 조그만 창틀을 설치한다. 그이는 창구로 뛰어간다.)

그이 차표 한 장 주시요. 지금 막 떠나려는 기차로 말입니다.

남자 네. 몇 번 좌석을 원하십니까?

그이 몇 번? 몇 번 좌석이더라….

남자 43번 아닙니까?

그이 그렇습니다. 43번. (창구 너머로 바라보며) 아, 그런데… 당신은?

남자 (차표를 내주며) 뭘 말씀하시는지요?

그이 어디서 본 것 같아서요, 당신 얼굴이…

남자 비슷한 사람이야 이 세상에 많잖습니까? 어서 서두르십시오. 그러다가 기차 놓치겠습니다.

(기억이 울린다. 그이는 뛰어간다. 남자는 설치했던 창틀을 탁상 아래로 내려놓고 풍경화가 그려진 그림책을 올려놓는다. 그리고 탁상 앞에 한 개의 의자를 마련한다. 〈43번〉이란 번호 표시를 의자 등받이에 붙인다. 탁상으로 돌아가 앉는다. 그녀가 등장한다. 수심에 잠긴 모습. 43번 좌석의 번호를 확인하고 앉는다. 가련하게 한숨을 쉰다. 그이가 허겁지겁 들어온다. 좌석 번호를 주욱 확인하며 다가온다. 드디어 43번 좌석을 발견한다. 손에 쥔 차표와 좌석 번호를 번갈아 대조한다.)

그이 43번. 죄송합니다만 이건 내 자리인데요.

그녀 (자기의 상념에 잠겨 그이의 말을 듣지 못한다.)

그이 내 자리입니다.

그녀 (침묵)

그이 (강경하게) 일어나 주십시오.

그녀 네?

그이 잘못 앉으신 것 같습니다. (차표를 보여주며) 보십시오. 이 번호가 맞지 않습니까?

그녀 저 역시 같은 건데요?

그이 같다니요? (그녀가 내민 차표를 확인하더니) 그렇군요. 좌석 하나에 표가 두 장이라니! 이건 역 직원이 착오를 저지른 것 같습니다. (엉거주춤 일어나 있는 그녀에게) 아, 앉으십시오. 내 표는 다른 걸로 바꿔 와야 되겠습니다.

그녀 늦으셨어요, 이젠.

그이 늦다니요?

그녀 보세요. 창밖으로 풍경이 흘러가고 있어요.

남자 (그림책의 페이지를 넘기고 있다)

그이 그렇군요.

(잠시 침묵, 그녀는 바뀌는 풍경을 하염없이 바라본다. 그이는 자기의 차표를 들여다본다. 사이, 그이가 먼저 발을 굴러 소리를 낸다. 두 사람의 시선이 마주친다.)

그이 저어, 괜찮습니다. 내 다린 튼튼하니까요.

그녀 (그이에게는 관심 없이 차창 밖으로 시선을 돌린다)

그이 무릎을 떨린다든가, 주저앉고만 싶다든가, 그런 적이 더러는 있었지요. 하지만 그건 옛날 늙었을 때의 일입니다. 이젠 하루쯤 이렇게 서 있다 해도 끄떡없을 겁니다. (그이는 튼튼해진 발이 기쁜 듯이 굽혀다가 펴기를 해 본다. 사이. 아무 말 없는 창백한 그녀를 바라본다) 뭔가, 도와드릴 것이 없겠습니까? 좀 편찮으신 것 같아서요.

그녀 (살며시 고개를 가로젓는다)

남자 (언덕과 나무들이 들어 있는 풍경화를 펼친다)

그이 (환성을 지르며) 오, 저 언덕 위에 서 있는 저것이 뭡니까?

그녀 (마지못해서) 느티나무예요.

그이 느티나무!

그녀 (침묵)

그이 어쩜 저렇게 클까요? 난 아주 작디작은 것들만 보아 왔거든요. 그런데, 저렇게 엄청난 것이 이 세상에 있으리라곤 전혀 뜻밖입니다!

남자 (초원 지대의 목장 풍경화를 펼친다)

그이 저런! 저 뭉실뭉실한 것들은 또 뭡니까?

그녀 정말 모르세요?

그이 모릅니다!

그녀 양떼예요.

그이 오, 저것이 양떼라는 겁니까? 혹시 말입니다, 염소라는 것도 보이거든 좀 가르쳐 주십시오. 염소는 언젠가 한 번 보긴 봤었습니다. 50년 전이던가 60년 전이던가… 이마에 뿔이 있다는 것만은 생각납니다. 그렇지요? 뿔이 있지요, 염소는?

그녀 네, 그래요.

(남자, 계속 풍경화를 넘긴다. 과수원 정경, 농부들이 바구니에 잘 익은 과일들을 따서 담고 있다. 그이는 매혹당하여 아예 말을 잊고 있다. 무심코 고개를 돌렸던 그녀가 그이를 바라본다.)

그이 오, 세상에.

그녀 (그이의 감탄하는 태도에 미소를 짓는다)

그이 보석 같은 게 주렁주렁 열려 있다니!

그녀 또 처음 보세요?

그이 네?

그녀 아, 아무것도 아니에요.

(그녀는 다시 침울해진 얼굴을 창밖으로 돌린다.)

남자 (산악 지방의 준엄하고 드높은 산들을 보여 준다)

그이 저건 산이군요! 저렇게 높은 산이 이 세상에 있으리라곤 미처 몰랐었습니다. 용서하십시오, 나 혼자 떠들어서….

그녀 아녜요.

그이 여긴, 초행이십니까?

그녀 아뇨. 예전에 몇 차례 왔다 갔었어요. 그래서인지 저에게는 느티나무도, 양떼도, 그리고 과수원 풍경도, 높은 산도 아무 의미가 없군요.

남자 (터널 입구의 그림. 이어서 새까맣게 칠해진 페이지를 펼친다)

그이 이건 또 뭡니까?

그녀 터널이에요.

그이 (미소를 짓고) 이번엔 어둠 속에서 당신의 얼굴이 뚜렷하게 보이는군요.

(잠시 침묵)

그이 그리고 또 하나, 내 눈에 보이는 것이 있습니다.

그녀 (침묵)

그이 저 풍경을 넘기는 손이, 그 손이 보여요.

그녀 손이라뇨?

그이 이 어둠 속에서, 당신 얼굴 너머로 온갖 풍경을 번갈아 넘겨주던 그 손이 드러나 보여요.

그녀 저에겐 아무것도 보이지 않아요.

그이 아까 산을 지날 때에 난 비로소 알아챘지요. 구름 사이로 그 풍경을 붙들고 있는 걸 슬쩍 봤거든요. 아, 흥미 없으신가요, 이런 이야긴?

그녀 (건성 대답으로) 아뇨, 재미있어요.

그이 우린 종착역에 거의 다 왔군요.

그녀 어떻게 아시죠?

그이 저 손을 보고 압니다. 겨우 몇 장 남은 걸 쥐고 있거든요.

그녀 터널 다음 작은 도시가 나와요. 그곳이 종착역이죠.

그이 저어, 실례가 안 되신다면 묻고 싶은데요. 그곳에 어떤 일로 가십니까?

그녀 (침묵)

그이 말씀 않으셔도 괜찮습니다.

(가파른 산으로 둘러싸인 소도시의 풍경을 펼친다. 탄광의 갱구가 여기저기 상처처럼 그 입을 벌리고 근처 산들은 벌목 당하여 삭막하다. 좁고 더러운 길, 건물들은 찌들어져 있고, 하늘을 물들인 황혼마저 을씨년스럽다. 남자는 호각을 꺼내 분다.)

그이 저어, 다시 만날 수 있을까요?

그녀 (고개를 가로젓는다)

그이 (창밖의 음울한 광경에 질린 듯이) 이곳은 삭막하고 쓸쓸해 보입니다. 여기에서 얼마나 머무르실 겁니까?

그녀 아마 평생 동안요…. (놀란 듯 바라보는 그이에게 애매한 미소를 짓고) 먼 친척 한 분이 계세요. 전 그 댁에 가서 다시는 나오지 않을 거예요. 우습죠? 전 그 일 때문에 왔답니다. 들어가서 다시는 나오지 않는…. 어쩔 수 없죠. 그래요. 전 그렇게 살아갈 거예요.

남자 (재촉하듯이 호각을 분다)

그이 난 찾아가면 안 됩니까?

그녀 안 돼요. (일어나며) 고마워요, 잠시나마 벗해 주셔서.

그이 혹시 그래도 밖에 나오실 때 말입니다, 날 찾아 주실 수는 있겠지요. 내가 머무를 곳, 그곳이 어디냐면 저어….

남자 (그림책 한 페이지를 넘긴다. <낙원(樂園)여관>이라고 적혀 있다)

그이 (멀어져 가는 그녀의 등 뒤에 외치며) 낙원 여관입니다!

(남자, 여관의 하인이 되어 그이를 맞이한다.)

그이 방 하나를 주게.

남자 네, 손님. 짐은 없으십니까?

그이 없네. 그런데 왜 이리 음침한가?

남자 음침하다구요? 그래도 이곳에선 가장 멋진 뎁니다. (그이를 안내하며) 바로 이 방이지요.

그이 어둡군.

남자 일부로 어둡게 한 겁니다. 특실이라서요. 문을 닫아 걸면 이 방에서 그 어떤 희한한 일이 벌어져도 모르도록 말입니다.

그이 희한안 일이라니?

남자 (히죽 웃으며) 이런 곳엔 처음이십니까?

그이 음, 처음이라네.

남자 그러신 것 같습니다. 손님, 이 도시는 사람 살 곳이 못 되지요. 더럽고, 쓸쓸하고, 아무런 즐거움도 없습니다. 겨우 단 한 곳, 이 여관이 낙원 같은 구실을 하는데요, 그건 말씀입니다, (그이의 귀에 대고 은밀하게) 여자가 있습니다.

그이 여자?

남자 네, 여잡니다.

(그이, 방 안을 휘둘러본다. 탁상 위에는 나부(裸婦)의 그림이 펼쳐져 있다. 방 밖 복도 쪽에서 여자들의 간드러진 웃음이 들려온다.)

남자 불러다 드릴까요?

그이 (성난 태도로 남자에게 다가가서 얼굴을 들여다보며) 역시 당신이었군!

남자 왜 이러십니까, 손님?

그이 시치미 떼지 마시오. 난 알고 있소!

남자 (히죽 웃으며) 여잔 많습니다. 아까 손님께서 들어오시는 걸 보고 계단에 앉아 있던 여자들이 모두 다 손님께 반한 모양입니다. 어떻게 할까요? 예쁜 앨 하나 들어오도록 하죠. 손님, 왜 멱살을 붙드십니까?

그이 난 가겠소!

남자 그야 손님 좋을 대로 하십시오.

그이 도대체 뭐요, 날 괴롭히는 건?

남자 괴롭히다니요? 손님께선 제 발로 여기 들어오셨으니 이젠 제 발로 나가시면 그만 아닙니까?

그이 (사정하듯이) 이러지 좀 말아요. 난 당신을 안다구요. 이런 곳까지 날 오게 한 것은 당신입니다.

남자 천만에요. 당신이 온 겁니다.

그이 아무튼 난 한 여인을 이곳까지 따라 왔습니다. 그것 때문에 당신은 나의 약점을, 그렇지요, 나의 약점을 잡아 괴롭히고 있습니다.

남자 (냉소하며) 뭘 말씀하시는지 난 모르겠군요.

그이 난 이곳에서 나갈 수 없잖습니까! 그 여인을, 그래도 그 여인을 만날 수 있는 곳이라고는 여기뿐입니다! (의자에 쓰러지듯 앉는다)

남자 글쎄요, 손님. 뭐가 뭔진 모르지만 손님께서 몹시 괴로워한다는 것만은 느껴지는군요.

그이 그런데 뭡니까! 여기가 이런 난잡한 곳이라니! 방 안에는 저따위 그림이 널려 있고, 또 밖에는 좋지 못한 여자들이 모여 있습니다. 맙소사! 오고 싶어도 그 여인은 이런 델 못 올 겁니다!

남자 (유리잔에 술을 가득 부어 내밀며) 그 여인을 사랑하십니까?

그이 (남자를 노여운 눈으로 쳐다보더니 술을 받아 마신다)

남자 당신은 서투르시군요. 마치 갓 청년이 된 사람처럼 덤벙대기만 하고. 사랑이라는 건 느긋해야 합니다. 더구나 당신의 경우처럼 첫사랑이라면 좀 기다릴 줄도 아셔야지요. 안절부절못한다고 해서, 뭐 당장 뾰족한 수가 나오는 것도 아니잖습니까?

그이 (안타깝게 머리를 흔든다)

남자 (계산서를 떼어 그이에게 내민다) 내 계산서를 보면 기분이 달라지실 겁니다. 자, 받으십시오. 이곳에서 3주일째 그 여인을 기다리며 머무르신 것으로 해 드리지요.

그이 오, 감사합니다!

남자 그럼 기다려 보십시오. 편안한 자세로 좀 그 의자에 웅크리고 누워서라도 말입니다.

(남자, 뒷걸음으로 퇴장한다. 잠시 침묵. 그이는 의자에 웅크리고 눕는다. 손에는 반쯤 남은 술잔을 쥐고 있다. 복도에서 여자들의 웃음소리가 들려온다. 몇 번 몸을 뒤채이던 그이, 벌떡 일어나 방 안을 서성거린다. 탁상 위에 펼쳐진 나부(裸婦) 그림을 바라본다. 침묵. 그이는 그림을 넘겨 다른 페이지를 들춰 본다. 사이. 그녀가 들어온다. 더욱 야윈 모습. 커다란 검정색 숄로 얼굴과 어깨를 가렸다.)

그이 와 주셨군요.

그녀 (침묵)

그이 기다리고 있었습니다, 간절히.

그녀 이러시면 안 돼요. 소문이, 이곳에서 3주일째 저를 기다리고 계신다는 소문 때문에 제가 곤란해지고 있어요.

그이 그런 소문이 났던가요?

그녀 너무 작은 도시에요. 이곳은 누가 뭘 하는지 금방 알려지고 말아요. 더구나 이 여관의 하인이 온종일 거리를 돌아다니며 소문을 퍼뜨리고 있어요.

그이 난 그런 일을 시키지 않았습니다.

그녀 이미 말씀드렸지만 저는 숨어 살 듯 조용히 지내고자 왔어요. (일어서며) 조금이나마 저를 위하신다면 그렇게 살도록 해주세요.

그이 앉으십시오.

그녀 아뇨. 가야 해요.

그이 당신은 왜 자꾸만 자기 자신을 움츠리십니까?

그녀 (침묵)

그이 지난번 우리가 만났을 때보다 더욱 야위셨습니다. 무슨 불행이 당신을 그렇게 만들고 있습니까? 대답 않으신다면 결코 이곳에서 떠나지 않겠습니다.

그녀 그래요. 저는 불행해요.

그이 말씀해 보십시오, 어서.

그녀 (머뭇거린다. 의자에 주저앉는다. 고통스럽게 띄엄띄엄 말한다) 사랑했어요, 한 사람을….

그이 아, 그래서요?

그녀 아뇨. 말하지 않는 것이 좋겠어요. 다만 사랑하는 사람이 없는 이 세상의 풍경은 저에겐 아무 의미도 없다는 것을 말씀드리고 싶군요.

그이 그러나 나는 당신 때문에 이 세상의 풍경들을 의미 있게 보았습니다.

그녀 그럴 리 있을까요? 제가 아니었더라도 그건 보실 수 있던 거예요.

그이 아닙니다. 커다란 느티나무, 풀밭의 양떼들, 과수원의 보석 같은 과일들, 그리고 드높은 산을 당신이 처음 가르쳐 주었습니다. 믿지 않으실지 모릅니다만 그날 나에겐 이 세상이 처음입니다. 그저 모든 것이 눈앞에 스쳐 지나갈 것이었습니다. 그러나 그날 처음 당신이 있어 내 마음이 그걸 받아들였던 겁니다.

그녀 도저히 저에겐….

그이 제가 말하지요. 당신은 나에게 있어 이 세상을 함께 보아준 그런 의미를 가집니다.

그녀 (몸을 떨며) 너무 무거워요. 그런 의민 견딜 수 없는 무게예요.

그이 그림책 한 권의, 겨우 한 권의 무게에 지나지 않습니다. (탁상 위에 놓은 그림책을 가져온다) 무릎 위에 놓으십시오. 어때요, 견딜 만하지요?

그녀 (침묵)

그이 우리 이걸 함께 봅시다. 천천히 먼저 느티나무부터 차례대로요.

(그이는 그녀의 무릎 위에 놓인 그림책을 한 장씩 넘겨간다. 남자, 들어온다. 바이올린을 든 광대 악사처럼 두 사람 뒤에서 악기를 연주한다. 처음엔 아무 소리도 나지 않는다. 그러나 차츰차츰 그이와 그녀의 관계가 이뤄져 갈수록 이 음악은 점점 높아져 간다.)

그이 아름답지요, 이 풍경은?

그녀 네.

그이 더 크게 말해 봐요.

그녀 네, 아름다워요.

그이 염소가 보이거든 꼭 나에게 가르쳐 줘요.

그녀 여긴 없어요. 양뿐이에요.

그녀 오, 그래요?

그녀 왜죠?

그이 그날과 같아서요. 그날 당신은 그 뿔 달린 걸 가르쳐 주지 않았지요.

그녀 오늘은 제가 염소 있는 곳을 가르쳐 드릴게요.

그이 어딘가요, 그곳이?

그녀 저 높은 산 위 염소들이 있어요.

그이 산 위에?

그녀 네. 그래서 저 산봉우리들이 염소 뿔처럼 뾰족뾰족한 거예요. (잠시 침묵)

그녀 (한숨을 쉬며) 어두워요, 여긴.

그이 터널입니다.

그녀 (가까스로 미소를 짓고) 이젠 저에게도 보여요. 이 어둠 속에서 보이는 건 당신 손이군요. 가만, 움직이지 마시구요. 그대로 붙들고 계셔요. 당신 손 참 큼직해요. 그날 말씀하셨던, 왜 있잖아요, 당신이 보셨다던 그 손이 이만한가요?

그이 크기는 아마 비슷할지도 모르겠군요.

그녀 대답해 줘요. 언제까지나, 언제까지나, 저에게 이 세상을 보여 주세요.

그이 그럼요. 언제까지나 보여 드리지요. (잠시 침묵)

그녀 함께 본다는 건 왜 이리 좋은 걸까요?

그이 글쎄요. 보지 못할 걸 다시 볼 수 있으니까 그렇겠지요.

그녀 그래요.

그이 다음 건 차마….

그녀 괜찮아요. 무엇이든 보고 싶어요.

그이 (마지막 나부(裸婦)의 페이지를 펼친다)

그녀 여자군요. (사이) 아름답군요!

그이 네, 나도 동감입니다. 혼자 봤을 땐 사실 좀 추했었지요. 그래서 하인더러 왜 이런 걸 여기 놨느냐고 따지기조차 했었습니다. 그런데 이렇게 함께 보니까 왠지는 몰라도 모든 것이 다 아름답게 보이는군요. (그녀의 손을 잡고 일어서며) 우리 여길 나갑시다.

그녀 (엉겁결에 책을 든다) 어디로요?

그이 역으로요. 그리고 처음 떠나왔던 그곳으로 가는 겁니다.

(두 사람 퇴장한다. 남자는 신나게 음악을 연주한다. 잠시 후. 깔깔거리며 웃고 나서 들고 있는 바이올린을 관객들에게 보여 준다. 현(絃)이 달려 있지 않는 악기였다. 다시 깔깔거리며 연주한다. 그러더니 연주를 뚝 그친다. 악기의 손잡이를 비튼다. 마개처럼 빠진다. 남자는 손바닥을 펼쳐 그 구멍을 기울인다. 보석들이 한 움큼 쏟아진다. 남자는 그것들을 탁상 위에 나란히 진열한다. 보석상(宝石商)의 주인이 된 것이다. 그이와 그녀가 들어온다. 보석들을 들여다본다.)

남자 결혼반지를 사러 오셨군요?

그이 그렇습니다만.

남자 아, 잘 오셨습니다. 저희 상점이야말로 가장 좋은 보석들만 구비해 놓고 있으니까요.

그녀 (한 개를 집어 들고) 제 맘에 꼭 들어요.

그이 글쎄, 다른 걸 골라 봐요.

남자 그러십쇼.

그녀 (다른 보석을 집어 들고) 어때요, 이건?

그이 (고개를 흔든다) 주인, 더 좋은 건 없소?

남자 눈이 높으시군요, 손님. 여기 최상급의 다이아몬드가 있긴 있습니다만 워낙 값이 엄청나서….

그녀 전 이걸로 좋아요.

남자 (보석과 함께 확대경을 그이에게 주고 자신만만하게) 어떻습니까?

그이 (보석을 살펴보더니 이맛살을 찌푸린다) 어찌 이럴까?

남자 이렇다뇨?

그이 이 보석 말입니다.

남자 남아프리카 원산입니다.

그이 그건 압니다만.

남자 아주 순수한 겁니다. 속에 반점 하나 없습지요.

그이 그런데 모양이, 모양이 엉터리로군.

남자 네? 뭐라고 하셨어요, 손님?

그이 아무것도 아니요.

남자 증명서도 있습지요. 경력 57년, 이 보석을 세공한 사람의 이름과….

그녀 됐어요. 보석상마다 다 가 봤어도 마찬가지였잖아요?

그이 결혼반지는 사랑을 맹세하는 거요. 그럼 완전한 형태여야지. 도대체 왜 이따위 엉터리들뿐일까. 모두들 조잡하기 이를 데 없고 질 좋은 재료들만 망쳐 놓았거든. 이것만 해도 그래요. 커트 방법이 틀렸어요. 각도가 어긋나 있단 말이요. 그래서 마치 밑 터진 항아리에 물 부어지듯이, 이 보석 안으로 들어 온 빛은 그 어긋난 쪽으로 쑥 빠지고 말아요. 어딘지 이 보석이 어둡게 보이는 건 그렇게 잘못 깎여진 탓이요. 나갑시다. 나가서 다른 상점에 가 좀더 완전한 보석을 골라 봅시다.

그녀 저어, 반지쯤 아무려면 어때요?

그이 어떻다니?

그녀 전 당신 사랑이면 되는 거예요. (남자에게 보석 한 개를 집어주며) 아무거나 하나 포장해 주세요.

남자 네, 그렇게 합지요.

그녀 마음 상하셨어요?

그이 하지만….

그녀 당신 맘은 알아요. 뭐든지 저에게 제일 좋은 걸 해주시려는 마음, 그 마음을 알아요. 그래서 저는 행복하구요, 또 당신에게 늘 감사하고 있어요.

(남자, 포장한 보석을 내어준다. 그이와 그녀는 그것을 받아 들고 문 쪽으로 나간다. 남자, 그이를 불러 오도록 한다. 종이 한 장을 꺼낸다.)

남자 이걸 받아 가셔야지요, 손님.

그이 아참, 보석 값을 치러야지.

남자 받아 보십시오.

그이 영수증? 이건 영수증이 아닙니까?

남자 (나직하게) 이미 지불되었습지요.

그이 누가 지불을?

남자 (자기 자신을 가리키다) 나를 모르겠습니까?

그이 당신은?

남자 오랜만입니다.

그이 그렇군요.

남자 단 둘이서 할 말이 있습니다. 뭔가 마무리 질 일이 있잖겠습니까?

그이 (사이, 그녀에게) 먼저 집에 가요. 난 좀 늦을 것 같소.

그녀 무슨 일이셔요?

그이 염려 말아요. 난 이분과 예전부터 아는 사이여서….

그녀 네. 그럼 너무 기다리게 하진 마세요. (그녀, 퇴장한다. 잠시 침묵)

그이 뭡니까, 마무리 짓고 싶다는 일은?

남자 뭐 아무것도 아닙니다. 그저 두 분 사이가 무척 다정하시군요.

그이 우린 사랑하고 있어요.

남자 (히죽 웃으며) 물론 그러시겠지요. 하지만 사랑이란 흔해 빠진 거라서요, 마치 여기 놓여 있는 이런 엉터리로 깎인 보석과 같거든요. 이것도 보석이듯이 사랑도 사랑이긴 한 겁니다. 용서하십쇼. 난 당신과 아까 그분 관계를 꼭 그렇다고 하는 건 아닙니다. 일반적인, 그렇지요, 많은 사람들의 사랑이란 일반적으로 그렇다는 것이지요.

그이 시간이 없어요. 요점만 말해 주시오.

남자 길겐 이야기하지 않겠습니다. 그런데 세상의 풍경이 그려진 내 책을 집어 가셨더군요.

그이 아, 미안합니다. 되돌려 드린다는 것이 그만….

남자 좋아요. 곁에 두고 보십시오. 언제든 두 분이서 더는 보지 못하실 때에 되돌려 줘도 괜찮으니까요.

그이 고맙습니다, 여러 가지로. 당신 덕분에 사실 난 지금 후회 없는 삶을 살고 있어요. 다시 젊어졌고, 세상이 아름답다는 걸 알았으며, 더구나 사랑하는 여인까지 얻었지요. 우린 내일 결혼식을 올립니다.

남자 알고 있습니다. 결혼식은 내일 오후 세 시 반이지요?

그이 아, 어떻게 아십니까?

남자 뭐 그쯤 아는 거야 대수롭지 않지요. 문제는 당신이, 당신이 말입니다, 혼자 볼 수밖에 없는 그런 것이 있다는 데 문제가 있는 것 같군요. 아까 난 보석을 사시면서 두 분이 하는 행동을 주의 깊게 지켜봤지요. 그랬더니 뭡니까, 당신은 이런 것들이 잘못 깎여진 투정만 하시더군요.

그이 나는 그녀를 사랑하고 있소.

남자 아무렴요. 그 여인 역시 진실로 당신을 사랑하고 있을 겁니다. 하지만 당신은 어쩐지, 그렇습니다, 난 이 점을 말하지 않을 수 없겠는데요, 당신은 그녀를 완전히 사랑하고 있진 않습니다. 당신이 깎을 줄 아는, 그런 완전한 모양의 보석과도 같은 핵심을 드러내지 않고 그녀를 사랑한다면 당신 사랑은 조잡한 것이다, 그런 겁니다.

그이 조잡하다니? 결코 난 그렇지가 않소!

남자 아니라면 뭡니까? 당신이 할 수 있는 최선의 것을 하지 않는데 그게 과연 완전한 사랑일까요?

그이 (침묵)

남자 세상 풍경도 그렇습니다. 사랑하는 사람과 함께 보아야 이 세상은 아름답지요. 하지만 당신이 최선을 다해 사랑하지도 않는 그 여인과 함께 세상을 바라본다는 것은 뭔가 구역질날 일입니다. 보이는 건 모두 엉터리들, 온갖 것들이 조잡하게만 느껴질 테니까요! (깔깔거리며) 축하합니다. 결혼하시고 또 오래 사셔서 부디 그런 조잡한 엉터리 세상을 보십시오.

그이 당신은 악마로군!

남자 천만에요.

그이 우린 지금까지 잘해 왔잖소?

남자 우리라뇨? 당신과 나? 아니면 당신과 그녀?

그이 우리 셋 모두 다. 당신은 우리를 도와주었소. 마치 천사처럼 우릴 보살펴 주기까지 했었소. 그런데 지금 당신은 꼭 악마 같군요.

남자 난 천사도 악마도 아닙니다.

그이 다시 한번 도와주시오, 우리를.

남자 당신은 잘해 왔다고 했잖습니까? 그 말이 맞지 않다는 건 당신이 잘 알 겁니다. 어떤 사람은 그 사랑의 핵심을 빼놓고서도 그저 어물쩍 잘할 수 있어요. 하지만 당신의 경우는 다릅니다. 당신은 완전한 사랑을 위해 완전한 형태의 보석을 깎을 수 있습니다. 이제 와서 당신이 할 수 있는 건 뭐가 있겠습니까? 두 가지 것 중에서 하나를 선택해야 하시겠지요. 즉 완전한 사랑을 포기하고 그 여인과 한 평생을 사시든가….

그이 날 괴롭히지 마시오, 제발 좀!

남자 아니면 완전한 사랑으로 죽으시든가….

그이 죽는다?

남자 표현상의 차이입니다. 당신의 사랑의 진실함을 보이기 위하여 완전한 모양의 보석을 깎으시든가, 그저 깎지 않고서 엉터리 세상을 보시든가, 뭐 이런 거지요.

그이 (침묵)

남자 (탁상 위의 보석들을 쓸어 모으며) 물론 난 어느 쪽이나 다 좋습니다. 당신이 사랑을 포기하고 사는 쪽도 좋고, 사랑 가운데 죽는 쪽 역시 괜찮습니다. 그러나 말입니다, 나라고 해서 꼭 당신의 죽음을 바라는 건 아니지요. 죽음은 서서히, 그리고 무감각하게 다가오는 것이어야 하거든요. 살아 있으면서도 죽은 것처럼, 함께가 아닌 혼자서, 쓸쓸하게 책을 넘기듯이 풍경을 바라보는 그런 고독하고 불행한 사람들이 나는 좋습니다.

그이 (침묵)

남자 오늘 밤 자정 무렵 댁으로 찾아가 뵙겠습니다. 그때까지 나에게 들려 줄 대답을 마련해 두십시오.

(남자, 퇴장한다. 침묵. 그이는 움직이지 않는다. 방 안은 점점 어두워지며 마침내 아무것도 보이지 않는다. 침묵. 문이 삐거덕거리며 비스듬히 열린다. 가느다란 빛이 비친다. 그녀가 들어온다.)

그녀 뭘 하고 계셔요?

그이 이 방, 예전 쓰던 방에 들어와 봤소.

그녀 너무 오래 계셔서요, 걱정이 되어 왔어요.

그이 (잠시 침묵하다가 웃어 보이려 애쓰며) 뭣 좀 생각하고 있었소.

그녀 제 옷을 보시겠어요? (문틈으로 들어오는 빛에 옷을 비춰 보이며) 결혼식 때 입을 옷이에요.

그이 아름답구려.

그녀 제가 하는 말을 들으시고 웃으시면 안 돼요. 저어, 저는요, 오늘 밤 이 옷을 입은 채 잘 거예요. 침대에 아주 곱게 누워 자면 돼요. 겨우 내일인 걸요. 내일이면 저는 당신의 아내예요.

그이 그렇소, 내일이면. (미소를 짓고) 그런데 봐요, 당신도 내 말을 듣고 웃어야 해요. 뭔가 물을 게 있소. (그녀의 손을 잡고)

당신이 예전에 사랑했다던 사람, 그 사람도 당신을 사랑했었소?

그녀 (침묵, 몸을 움츠린다)

남자 아, 다른 뜻이 있어 그러는 건 아니요. 난 그 사람이 당신을 진심으로 사랑했던가 그게 알고 싶은 거요.

그녀 (잠시 침묵. 그이의 얼굴을 바라보며) 네, 진심으로.

그이 그건 당연한 거요. 당신처럼 아름답고….

그녀 당신이 사랑해 주니까 저는 아름다운 거예요. 당신의 큰 사랑이, 당신의 그 진실한 사랑이 아니었다면, 제가 어찌 그럴 수가 있을 것 같아요?

그이 (침묵)

그녀 오늘 밤 저는 행복해요. 이런 행복이 당신의 진실한 사랑으로 이루어진 것을 감사해요.

그이 오히려 고마운 건 나요. 비로소 나에겐 나의 가장 완전한 것을 기쁨과 함께 바칠 대상이 생긴 거요. (그녀를 문까지 배웅하며) 아주 곱게 누워요, 그 옷이 구겨지지 않게. 그리고 누군가 자정 무렵 날 찾아오거든 이 방에서 기다리고 있다 해줘요.

그녀 이 어둠 속에서요?

그이 그래도 당신은 볼 수 있지 않소? 내 손을 말이요. 그 어떤 어둠 속에서도…. (미소를 짓고 손을 놓아 그녀를 문 밖으로 보내며) 난 이 손으로 당신에게 가장 완전한 것을 다듬어 주겠소.

-막-

밥

오태영

등장인물

할머니
엄마
아빠
영수 (아들 12세)
미영 (딸 17세)

무대

어느 집 2층. 태풍 피해로 깨진 유리창에 문짝도 덜렁댄다.
바닥엔 물이 흥건하고, 천정에서 떨어지는 물을 받는 냄비 두어 개.

할머니, 걸레질을 하고, 엄마는 양동이에 물을 담아서 버리러 간다.

할머 하늘도 무심하지, 이런 난리가 어디 있냐? 이런 난리가?

엄마 (버리고 들어온다) 그러게 말이에요. 태풍으로 죽다죽다 겨우 살아났는데

할머 엎친데 겹친다고 홍수 피해 물난리까지….
난 하늘에 구멍이 뚫린 줄 알았다.
쏟아진다, 쏟아진다, 어떻게 이렇게까지 쏟아질 수가 있니?

엄마 지붕을 홀랑 벗겨가는 바람에 피해가 더 컸어요.
그나마 자원봉사자들이 지붕을 고치긴 했지만…

할머 벼락 치는 소리가 나고 기왓장이 춤을 추고,
그땐 정말이지 죽었다 싶었지.
하물며 달팽이도 뚜껑이 있는데, 지붕이 날아가다니!

영수 (젖은 이불과 책을 들고 나온다)

엄마 뭐냐 그건?

영수 버리려고. 다 젖었어, 흙탕물에

엄마 얘가 정신이 있나? 책을 버려? 공부하는 애가?
학교 갈 때 빈손으로 갈 거야?

영수 그럼 이불은? 어떻게 해?

엄마 어쩔 수 없잖니. 내다 버려라 이불은.

할머 무슨 소리냐? 버리긴 왜 버려? 햇빛에 말려야지.

엄마 햇빛이 어딨어요. 햇빛이 나야 햇빛이죠.
금방 썩어요. 말려도 못 덮는다고요.

영수 그래요 할머니. 진흙탕 똥물에 젖어서 냄새나요.

영수, 젖은 이불을 들고 나간다.

할머 그럼 오늘 당장 뭘 덮고 자니? 오늘 밤은 뭘 덮어?

엄마 담요 있잖아요. 적십자사에서 보내온.

할머 아 맞아. 담요! 어디선가 보냈지? 식수 몇 통하고 담요를.

엄마 적십자사요. 라면에 의약품까지 보냈잖아요. 얼마나 고마워요?

할머 고맙지. 모든 것 잃고 넋 놓고 앉았을 때 누군가 따뜻한 손길을 뻗어주면, 그보다 더 고마울 수가 없지.

엄마 그럼요.

영수 (이불 버리고 들어오며) 엄마 큰일 났어. 차가 안 보여, 아빠 차! 떠내려갔나 봐!

엄마 호들갑 떨 거 없다. 새벽에 떠내려갔어. 너 깜빡 잠든 사이에.

영수 그럼 찾아와야지!
저 건너 3단지 아파트 철책 있죠, 거기 수십 대 처박혀 있어. 막 고꾸라지고 찌그러지고! 벌렁 뒤집혀 누워있는 차도 보이고.

엄마 찾아도 못 써. 엔진에 물 들어가서.
그리고 차보다 더 급한 게 많아. 물은 좀 빠졌든?

영수 빠지긴 빠졌는데…아직도 무릎까지 올라와.
쓰레기더미 사이로 냉장고가 둥실둥실 떠다닌다니까.

할머 에고, 며칠만 더 기다리지.
태풍 피해복구 끝난 다음에 비가 와도 올 일이지,
피해복구 끝나기도 전에 홍수까지 덮칠 게 뭐람?

영수 비바람이 누구 사정 봐주면서 와요? 제멋대로지.
기도해도 소용없어. 난 소풍날만 되면 꼭 비가 오더라.

엄마 그래서 천재지변 아니냐, 아무도 손쓸 수 없는.

그래도 피해가 너무 컸어. 모든 걸 다 쓸어가 버리고.

할머 눈앞이 캄캄하네. 살다 살다 칠십 평생 처음이야.
전쟁도 이 정도는 아닐 거다.

엄마 전쟁은 피난이라도 가죠.
앞뒤로 물바다에 물 폭탄이라 도망갈 길도 없다고요.
이나저나 누나랑 아빠가 걱정이다. 별일 없어야 할 텐데….

할머 (생각난 듯) 그래, 애비…. 물도 안 빠졌는데 왜 나가? 나가긴?
물 빠질 때까지 좀 기다리지!

영수 배고픈데 어떡해? 그래서 나갔지.
비상식량 다 떨어졌잖아요. 빵 라면 몽땅 떨어졌다고요!

엄마 맞아요, 이제 겨우 식수 몇 통밖에 안 남았어요.

영수 물만 먹고 어떻게 버텨? 난 못 해.
그리고 의약품 남은 거? 소독약 먹으라고? 그걸 어떻게 먹어!

엄마 적십자 구호품이 제때 도착해야 하는데, 못 오잖아요.
동네가 온통 물에 잠겨서. 그래서 나갔어요. 혹시나 하고.
무리인 줄 알면서도… 물이 조금씩 빠지니 별일이야 있겠어요?

할머 그런 거 아는데….
(아랫배를 만진다) 그런데…. 아이고 배야….

영수 배고프죠, 할머니? 나도 미칠 것 같아. 배가 등에 붙었다고.

할머 배고픈 게 아니라…아랫배가 살살

영수 또야? 또 설사야?

할머 (고통스러워하며 일어난다) 방금 갔다 왔는데….

영수 오 노노노. 안 돼! 안 돼! 할머니 참아요, 참아.
화장실 막혀서 똥물 안 내려가!

할머　(배를 잡고 가며) 그래도 어떡하니… 나오는걸.

할머니, 화장실 가기 위해 나간다.

영수　(놀리듯) 와 할머니 재주 좋다.
먹은 것도 없는데 어떻게 똥이 나오지?
엄마　(나무란다) 얘, 할머니한테 똥이 뭐야 똥이!
너 교복 어떻게 됐니? 체육복하고. 빨 거 있음 빨리 내놔!
영수　체육복 안 젖었어. 책가방 하고. 기적이야 기적!
엄마　그럼 저 양동이 물이나 갖다버려!
영수　아, 배고파 죽겠는데….
엄마　누군 먹었니? 다 굶었어. 어서 갔다 버려!
영수　(힘없이) 알았어요.

두 사람 잠시 일을 한다.
화장실 갔던 할머니 배를 잡고 기운 없이 나오는데

할머　(힘없이) 먹은 것도 없는데 왜 이러지? 벌써 세 번째야.
(기운 없어 누우려 한다) 에구 에구 기운이 쏙 빠져서….
엄마　누우시려고요? 어머 거기 젖었어요.
(걸레질 빨리 하며) 약 드릴까요? 설사 멎는 지사제요.
할머　(쪼그려 눕는다) 아니 됐다. 먹은 것도 없는데… 그러다 낫겠지.

밖에서 인기척 발소리.

영수　누나 오나 보다.

우의를 걸친 미영이 들어선다.

미영 (들어오며) 엄마, 난리야 난리. 말도 못 해.
저기 뒷산 있지? 용인 나가는 길. 산사태로 인명피해가 났데!

엄마 어머 어떡하니, 많이 죽었데?

미영 몰라. 흙더미에 매몰됐는데 실종자가 몇인지 파악도 안 된데. 그리고 있지, 길이 막혀 구조대원이 못 들어온데. 구호물품은 물론이고.

영수 (잔뜩 기대했는데) 못 와? 그럼 또 굶는 거야?

미영 길이 막혔는데 어떻게 들어와? 도로가 붕괴되고.

영수 그럼 이쪽 반대쪽은?

미영 이쪽은 물바다잖아. 다리가 끊겨서!

영수 그렇다고 빈손으로 돌아와? 라면 한 봉다리도 없이?

미영 (화난 듯) 구조대원도 못 들어오는데 라면이 어딨어, 라면이!
마트, 슈퍼 다 물에 잠겼다니까.

영수 그럼 또 굶어! 또 굶는 거야?

엄마 그건 어쩔 수 없잖아. 누나 잘못도 아니고.
(조급하다) 얘, 아빠는 어떻게 됐니? 아빤 어디 가고 너 혼자야?

할머 (다급하다) 그래, 애비는 어떻게 됐냐?

미영 아빤 다리 건너 쪽으로 갔어.

엄마 (불안, 걱정) 다리가 끊겼다며? 다리가!

미영 다행히 어떤 아저씨 고무튜브에 매달려 같이 갔어.
나는 안 된다고 위험하다고, 돌아가라고 해서 그냥 왔고.
다리 넘어 그쪽으로 구호물자가 오고 있데.

엄마 (걱정) 아휴, 웬간하면 그냥 오지, 그 위험한 델 왜 가?

미영 너무 걱정하지 마요. 튜브가 있어 괜찮을 거야.

엄마 자동차까지 집어삼키는 물살인데 그까짓 튜브가 무슨 소용이야?

영수 (툴툴) 그래도 가야지, 식구들 위해!
안 가면 어떻게? 달랑 식수 3통 밖에 안 남았는데!

엄마 사람이 쉽게 굶어 죽진 않아.
탄광 붕괴사고 때 못 봤니? 열흘 이상 굶고도 살아나잖아.

영수 난 미칠 것 같다고, 배고파서.

미영 (우의 벗으며) 참고 기다려야지 방법이 없잖아.
최악의 사태는 지났어. 물이 빠지고 있잖아!

엄마 그래, 집 정리부터 하면서….
미영이 네 이불하고 옷 다 괜찮아?

미영 내 책 많이 젖었던데… 옷도 빨아야 하고.

미영, 정리할 것 찾아 자기 방으로 간다.
젖은 책, 사진첩 등 들고 나온다.
영수랑 물건을 닦고 정리한다.

미영 (골라) 이건 버려도 되고….

영수 (거들며) 사진첩도 젖었어. 이것도 버려?

미영 정신이 있니? 사진첩을 왜 버려. 이 소중한 것을.
우리 가족 역사고 추억인데!

영수 (흑백사진 발견) 그런데 이건 누구야? 이 흑백사진?
할머니, 이 사진 누구예요?

할머 아이고, 그 사진이 젖다니, (빨리 다가간다)

(소중히 닦으며) 누구긴 누구야, 이 할머니 아버지다.

영수 할머니의 아빠? 그런데 왜 이렇게 젊어?

할머 젊어서 일찍 죽었으니까 젊지. 6·25 때 돌아가셨단다.

미영 할머니 한 살 때래.

할머 (혼잣소리) 난 아버지 얼굴도 못 봤다. 그런 세월을 살았어. 에잇 나쁜 놈들. 치가 떨린다. 치가 떨려.

영수 그런 일이 있었구나. 그런데 누나 배 안 고파?

미영 왜 안 고프겠니? 너 피자 먹고 싶지? 맞지?

영수 (환상이다) 우와 피자?

미영 그래, 치즈에이드 데코레이션 피자 한 판, 우왕우왕 우걱우걱 (몸서리치는 시늉) 거기다 아삭아삭 피클 한 조각씩 음….

영수 (신난다) 난 치킨!

미영 (신난다) 어머 통닭? 그래 양념 반, 후라이드 반, 통째로 한 마리씩.

영수 (노래하듯) 닭다리 잡고 뜯어, 뜯어.

엄마 (피식 웃으며) 얘얘, 고만들 해!
엄마도 배에서 꼬르륵 야단이다.

영수 (신난다) 적십자 마크를 단 구조 헬기가 따따따따….
그리고 우리 집 상공에서 로프를 쫙 내리는 거야.
로프 끝에는 바구니가 달려있고.

미영 (신나) 바구니를 열면 기대하시라, 따끈따끈한 피자 한 판!

영수 (신나) 피자 한 판을 누구 코에 붙여?
나 한 판, 누나 한 판, 할머니 한 판, 식구 수대로 다섯 판은 있어야지.

할머 난 피자 싫다.

미영 피자 싫어요?

엄마 이 철딱서니 없는 것들아. 잔치 났냐?
이 물난리 초상집에 무슨 피자 타령이야, 피자 타령이!
영수 그럼 통닭!
할머 통닭도 싫다.
영수 (미영한테) 신경 쓰지 마, 누나. 할머니 설사야. 설사
할머 난… 난…
(사이) 밥이 먹고 싶다. 그냥 하얀 쌀밥.
엄마 (정신이 번쩍) 어머, 그래요 쌀밥! 밥 익는 구수한 냄새….
미영 (진정으로) 맞아 쌀밥. 어머, 김이 모락모락 나는…
(코를 들며) 아, 밥 익는 냄새…미치겠다.
영수 (빨려든다) 맞아, 누가 통닭 먹을래? 쌀밥 먹을래?
그러면… 난 쌀밥! 그렇다고 피자 안 먹겠다는 게 아니라,
우선 밥부터 먹고 나서 피자는 그다음에.
할머 그래 어쩔 수 없다 한국 사람은.
밥이 들어가야 배가 편해지고, 먹은 것 같지.
엄마 맞아요. 정서적으로도 안정이 되고…. 따끈따끈한 쌀밥.
할머 된장국에 밥 한 그릇 먹었으면 소원이 없겠다.
영수 (기대감) 구호품에 쌀도 오겠지? 라면만 있는 게 아니라….
미영 당연히 쌀 있겠지!

기대감에 넘쳐 모처럼 떠들썩하다
그때 밖에서 인기척. 부르는 소리.

아빠 (밖에서) 영수야 좀 내려와 봐라.
영수 (나가며) 아빠다!
엄마 미영이 너도 나가 봐. 뭐 들고 올 것 있을지 모르니

미영 네.

미영, 뒤따라 나간다.

엄마 (기대감) 생필품 뭐 좀 가져왔는지 모르겠네요. 세제도 있어야 하는데.

영수 (생수병과 라면 상자 들고 들어온다) 왔어요, 왔어 구호품.

할머 (시들하다) 또 생수에 라면이냐?

미영 (부탄가스, 쌀 포대를 들고 들어온다) 엄마 쌀도 있어. 쌀이야 쌀.

엄마 (반갑다) 거 봐라. 죽으란 법은 없잖니.
그런데 아빠는?

미영 아빠, 산사태 매몰현장 있지, 거기 인명구조 자원봉사 가야 한데.

엄마 구조대원들 있잖아?

미영 그러니까 자원봉사지, 손이 모자란데.
밥 우리끼리 먹으래.

엄마 (포장 뜯으며) 그래 서로 도와야지.
이렇게 돕는 손길이 있으니 얼마나 고마운지 모르겠네.

할머 (쌀 포대를 보며) 그런데 이게 뭐냐? 이게 뭐야?
북조선… 인민공화국?

미영 (의아스럽다) 어머 북한에서 보낸 거네? 북한 적십자에서?

엄마 (주춤, 싸늘해진다) 뭐 북… 북한?

영수 (신난다) 그래 북한! 여기 쓰여 있잖아. 북조선 인민공화국!

할머 (험악하다) 안 된다. 손대지 마, 내다 버려!

엄마 (눈치 보며) 버려요…?

할머 내다 버려! 큰일 난다. 당장 갖다 버려!

애비도 미쳤지, 어떻게 이런 걸 들고 와!

미영 이걸 왜 버려요? 소중한 쌀을? 두 끼나 굶었는데.

영수 배가 등가죽에 붙었어… 할머니도 먹고 싶잖아, 밥!

할머 죽어. 죽는다, 우리 식구 몽땅. 약을 탔어!

미영 (몰라) 약이요? 쌀에다?

할머 이것들아 정신 차려! 그 흉악한 빨갱이들….
지들도 먹을 게 없는데 왜 보냈겠어! 6·25 때도 그랬다.
쌀에다 약을 뿌려 한 동네가 사그리 다 죽었어요!

영수 하하, 할머니 그런 게 어딨어! 왜 우리를 죽여요?

할머 원수니까 죽이지, 원수. 내가 증인이야. 증인! 그놈들 수법 뻔하다. 빨갱이 그놈들이 우물에다도 약을 탔어요. 6·25 때. 독약을!
그 물을 먹고 애 어른 할 것 없이 다 죽었다. 한 동네가 몰살했어.

영수 이거 어디서 많이 들은 얘긴데? 누나 맞지? 우물에 약 탔다는 얘기.

미영 그래요 할머니. 우물에 약 탔다는 건, 일본 식민지 시절, 관동대지진 때 유언비어에요. 지진으로 민심이 흉흉하니까 그 탓을 조선 사람들한테 돌리려고 만들어 낸. 아주 악질적인.

영수 그 유언비어 때문에 죄 없는 조선사람 학살당한 거고.
엄마, 빨리 밥 지어!

할머 글쎄 안 된다니까. 당장 내다 버리지 않고 뭐해?

엄마 (눈치 보며) 어머니, 약을 탔어도… 쌀을 여러 번 잘 씻으면….

영수 (찬동하며) 그래 엄마, 빡빡 여러 번 씻어!

할머 (쌀 포대를 빼앗는다) 글쎄 안 된다는데.

엄마, 쌀 포대를 안 빼앗기려고 실갱이한다.

할머 놔라! 이 손 놓지 못하겠니!

미영 (쌀 포대 빼앗으며) 약을 왜 타요? 약을!

영수 만약 약 탔다면… (웃으며) 난 그냥 먹고 죽을래.
(서둘며) 엄마 빨리 밥 지어요!

엄마 보세요. 애들이 이렇게 보채는데… 어떻게 쌀을 내다 버려요?
(쌀 한바 가지 퍼 들고 주방 쪽으로 간다)

할머 아이고 결국 일을 내는구나, 일을 내!

영수 (포장을 들치고 본다. 코를 킁킁 해보고) 에이, 설마 쌀에다….
(하다가 뭔가 발견) 어 이게 뭐지? 여기 뭐 있는데?

할머 (두려움) 거 봐라, 내가 빈말하니! 빨리 버려!

영미 뭐야? 뭔데?

영수 (꺼내낸다. 편지다) 편진가 봐, 편지!

미영 이리 줘봐. (받아 개봉한다. 그리고 읽는다)
사랑하는 남반부 동포 여러분. 수해를 당해 얼마나 힘들고 가슴이 아프십니까.
남반부 수해 소식에 저희도 가슴이….

할머 (버럭) 애, 안 된다. 찢어, 찢어 버려!

영수 (막으며) 가만있어 봐요.

할머 그놈들 수법 뻔하다. 선전선동 불온 삐라야! 선전선동.

미영 (피해 다니며 읽는다) 3년 전 저희도 큰 홍수로 전례가 없는 수해를 당했습니다. 모든 것을 잃고 절망에 빠져있을 때, 남조선에서 보내준 구호품과 쌀이 우리를 살렸습니다. 만약 남조선에서 보낸 온정이 아니었다면 북조선 인민 몇십만 명이 굶어 죽었을 겁니다. 그 고마움에 보답하는 뜻으로 쌀을 조금 보냅니다. 저희는 식량 사정이 매우 나빠 많이 보낼 수 없음을 양해해 주시고, 비록 밥 한 그릇이지만 용기를 잃지 말고 일어나십시오.

영수 들었죠 할머니? 가는 정이 있으면 오는 정이 있다!
3년 전에 우리가 보낸 쌀? 그래서 보답하는 마음에서 보냈잖아요!

미영 그래요 할머니, 우리가 쌀 보낼 때 약 탔어? 안 탔잖아!
북한 아이들 죽으라고 약 안 탔잖아요.

할머 그래도 못 믿는다. 그 시꺼먼 속을 어찌 아니!

영수 에이 할머니, '용기를 잃지 말고 적화통일에 떨쳐 나가시오!' 이런 말 없잖아.

할머 (완고하다) 그게 속임수다. 우리가 한두 번 속았냐? 한두 번 속아?

미영 (코 킁킁) 어머, 이게 무슨 냄새야?

영수 (코 킁킁) 와, 벌써. 밥 익는 냄새. 와 밥이다 밥!

할머 안 돼. 정신 차려. 먹으면 죽는다니까!
(힘들게 일어나며) 아유, 먹은 것도 없는데… 아랫배가 살살….

영수 또야? 와 마술이다 마술. 먹은 것도 없이 어떻게…?

미영 (급히 찾는다) 여기 있네. 설사약. 북조선에서 보낸….
할머니 이거 한 알 드세요.

할머 치워라. 죽을 일 있냐? 빨갱이들이 보낸 걸 어떻게 믿어!

할머니, 퇴장한다.

영수 할머닌 빽하면 빨갱이야.

엄마 (주방에서 소리) 얘, 이리 와, 상 좀 차려.
미영 (가며) 네. 밥 다 됐다.
영수 (따라가려) 와 구수한 밥 냄새.
미영 남자애가 무슨. 넌 방이나 정리해.
영수 (걸레 들며) 알겠습니다.

영수, 라면 상자 치우며 상 놓을 자리 정리하는데
할머니, 힘들게 들어온다. 그리고 자리에 눕는다.

할머 (누우며) 에구, 먹은 것도 없는데….
미영 (상 들고 들어온다) 상 들어갑니다.
엄마 (바로 뒤에 밥솥 들고 들어온다)

밥상이 놓이고 미영, 영수 엄마가 둘러앉는다.
엄마, 밥을 푸기 시작한다.

영수 와 밥 냄새. 환상이다, 환상!
미영 (냄새 음미) 음 예전엔 미처 몰랐는데 세상에서 가장 행복한 냄새가 바로 이거였어, 이 냄새!
엄마 어머니, 일어나세요. 된장국도 끓였어요.
할머 (단호하다) 결국 일을 내겠다는 거냐? 갖다 버리라는 말 못 들었냐?
엄마 (변명처럼) 어제 점심 이후 먹은 게 없어요. 아무것도.
어른은 견딘다 해도 애들이 오죽 배고프겠어요?
할머 당장 죽는다는데! 약을 타서! 그래도 먹겠다는 거야?
영수 농담이지 할머니? 편지 보고도 그래요, 편지!

미영 (화났다) 빨갱이. 빨갱이 지겹지도 않은가 봐.
할머닌 우리가 불쌍하지도 않아요? 6·25 전쟁 70년 전이에요. 나 태어나기도 전 일이라고요! 그런데 언제까지 이렇게 살 거예요? 서로 못 믿고 원수처럼 스트레스 받으면서! 곧 백 년이라고요, 백 년! 지겹지도 않은가 봐.
(수저 들며) 누가 뭐래도 난 먹을 거야! 죽어도 먹을 거야!

영수 (수저 들며) 나도… 죽어도 먹고 죽을 거야!

미영, 영수 밥을 퍼 먹으려 한다.

엄마 (단호하다) 애들아, 숟가락 놔!

미영 (짜증난다) 엄마까지 왜 이래요? 제발 이렇게 살지 말자고요!

영수 (동조) 정말 먹지 말라고? 배고파 죽겠는데!

엄마 숟가락 놓으라잖니! 엄마가 증명해 보이겠다.
엄마가 먼저 먹고… 아무 이상 없으면 그때 먹어라.
그래도 늦지 않는다.

영수 (걱정된다) 그럼… 잘못되면… 엄마만 죽는 거야?

할머 왜 그런 짓을 하니… 라면 있잖아, 라면!
그렇게 배고프면 라면을 먹어! 안심하고!

엄마 아뇨, 어머니. 전 밥을 먹겠어요.

엄마, 숟가락으로 밥을 푼다. 입으로 가져가다 손을 멈춘다.
미영과 영수, 긴장해 숟가락을 바라본다.

엄마 (입에 넣다가 말고 울먹) 왜 이러지?

영수 (긴장) 엄마 왜 그래요?

엄마 (울먹) 엄마도 모르겠다. 왜 이러는지.
갑자기 눈물이… 눈물이 앞을 가려.

가족들 숙연해진다.

할머 (조심스럽다) 에미야, 큰일 난다. 숟가락 놔라.
왜 그런 짓을 해? 그런 바보 같은 짓을!
미영 (나서며) 그래 엄마, 내가 대신 먹어 볼게! 내가 먼저!
엄마 (울먹) 아니다. 엄마가 먼저 먹어야지. 그런 눈물 아니다.
그런 눈물 아니야. 이놈의 대한민국….

엄마, 밥을 먹는다. 꼭꼭 씹는다.
식구들 눈을 떼지 못하고 엄마 입을 지켜본다.
엄마, 드디어 꿀떡 삼킨다.
애들도 침을 삼킨다.

엄마 (어떤 반응을 기다리듯) ….
영수 (조심스럽다) 엄마, 괜찮아?
엄마 (눈물 뒤에 미소가 흐른다) 아직 몰라. 세 숟가락은 먹어야 알지.
영수 (알아채고) 에이 그런 게 어딨어. 엄마만 많이 먹으려고 그러는 거지?
(숟가락 들고 퍼 먹는다)
미영 (밥을 뜨며) 난 오늘을 기억할 거야. 이 순간을.
엄마 (편하게) 어머니도 오세요. 된장국에 말아서 한술 뜨세요.
할머 (완고하다) 싫다. 난 먹을 수 없다. 그놈들이 보낸 거.
영수 신경 쓰지 마. 할머닌 설사야 설사!

세 식구 밥을 먹는다.

미영 북한 쌀 맛 비슷하네. 우리랑. 그치 엄마?
엄마 그럼, 같은 땅인데 똑같겠지.
하늘에서 내리는 비와 햇빛도 똑같고.
영수 아참 누룽지, 누룽지도 있지? 엄마.
엄마 있지. 구수한 숭늉 만들 거.
할머 (고개 빼 넘겨다보며) 누룽지도 있다고?
엄마 네, 어머니도 오세요.
할머 (슬슬 접근해 온다) 도저히 안 되겠다. 구수한 밥 냄새….
영수 (놀리듯) 에이 할머니 설사잖아!
할머 밥 냄새를 어떻게 참니. 고향 냄새보다 더 진한 이 냄새를.
된장국 해서 몇 술 뜨면… 설사도 멎을 것 같아.
미영 (놀리듯) 빨갱이들이 보낸 쌀인데?
할머 빨갱이를 미워해도…. 70년은 너무 긴 세월이지.
죽어라 미워했지만… 미워해서 해결된 일이 하나도 없구나.
엄마 그래요, 오세요. 이젠 마음을 열어야 해요. 미움을 버리고.
어머니 살아온 인생, 그 아픔 알지만 모든 거 용서하고요.
영수 (할머니 입으로 숟가락 향하며) 할머니 '아-' 해요 아-
할머 (받아먹으며) 아-.
미영 (햇빛이 드는 것을 발견) 엄마, 해 뜬다. 해 떠!
햇살이 거실까지 들어왔어!

햇살이 번져온다.

네 식구, 환한 웃음으로 밥을 먹는데 막이 내린다.

아버지와의 약속

전옥주

나오는 사람

일택　　갓 대학생이 된 젊은이
철호　　일택의 아버지, 50대 초반
은실　　일택의 어머니, 40대 후반
달수　　일택의 할아버지, 70대 중반
노인　　시골 농부, 70세가량
필터의 소리(일택의 할머니)

때

현대, 어느 해 여름

장소

거실, 야외(농촌), 길

제1장 한낮의 산비탈

무대 밝아지면, 철호와 일택이가 무대 오른쪽 뒤편에서 길을 넘어오고 있다. 철호는 지팡이를 짚고 있으며 약간 다리를 전다. 일택이는 지친 모습을 보이지만, 철호는 피로감을 감추는 듯하다. 극이 진행되는 동안 러닝머신을 이용해 인물의 보행을 연기하게 되고, 배경의 구름과 산야의 이동 등을 나타내어 장면의 변화를 알려준다.

철호 (무대 왼쪽쯤에 도달해서) 자, 여기서 좀 쉬었다 갈까?

일택 (숨 가쁜 소리로) 네.

철호 그래, 여기가 좋겠다. (앉아 물을 마시고는 물통을 일택에게 건네며) 이 녀석아, 뭘 그리 핵핵거리냐….

일택 (사방을 둘러보고 심호흡을 하며) 얼마나 왔을까요?

철호 얼마라니? 이제 겨우 오십 리도 못 왔을 걸.

일택 (아버지를 힐끔 쳐다보고) 어휴, 오십 리가 어디….

철호 사내가 한 번 마음을 정했으면 강한 의지를 보여야지.

일택 아버지, 진짜 서울까지 걸어가야 하는 거예요?

철호 (단호하게) 암, 물론이지. 물론 아버진 아니지만… 설악산에서 약속했잖니? 사나이가 헛맹세를 해서는 안 되겠지.

일택, 팔다리를 주무르며 아버지의 눈치를 살핀다.

철호 (용기를 북돋워 주며) 난 모처럼의 네 결심이 성공하리라 믿는다. …사실 넌 그동안 너무 나약했었지. 아버진 어떡하면 널 강한 사내로 키울까 항상 걱정하고 있었다. 누구의 도움 없이 스스로 험준한 인생길을 헤쳐 나가야 하는 체험을 한 번

해보는 거야.

일택 (결심한 듯, 결의를 보이며) 알았어요 아버지! 어디 한번 해보죠.

철호 (일택의 호언장담이 대견한 듯, 아들의 어깨를 토닥인다.) 그래, 사나이답게 해보는 거야.

일택 염려 마세요. 사나이가 되어서 아버지와 처음 한 약속이니 꼭 지키고 싶어요. 그리구 이번 기회에 나 자신의 의지도 시험해 보구요. 더 이상 나약한 아들이 아니란 것을 기필코 보여드리겠어요.

철호 좋았어. 아들아, 너와 내가 함께 이곳까지 걸어오는 동안 우린 수많은 야생화며 초목들을 보며 지나왔었지…. 우거진 숲과 나무들을 바라보면서 자연의 신비함과 생명의 위대함을 새삼 느꼈을 거야.

일택 글쎄요…. 난 오직 어떻게 서울까지 걸어가나 하는 걱정만 했어요.

철호 생명력이란 온갖 풍파와 시련을 극복하구서야 지켜지는 것이야. 온실에서 자라난 화초가 야생에서 살아남기 어려운 것은 스스로 지탱할 힘을 키우지 못했기 때문이란다.

일택 무슨 말씀인지는 알아듣겠어요. 그리구 아버지가 제게 이런 극기의 체험을 하게 하시는 뜻도 알 것 같구요.

철호 됐다, 그럼….

일택 이제 곧 아버지와 헤어져야 되겠지요. 내려가다가 버스 정류장이 보이면 떠나세요. 다리도 안 좋으신데 저 때문에 고생하셨으니 버스가 보이면 주저 마시구 타고 가세요.

철호 (갑자기 마음이 약해진 듯) …정말…. 괜찮겠니? 혼자서 자신 있어?

일택 전 젊었잖아요. 아버지와의 약속 꼭 지킬 거예요. 혹시라도 지쳤을 때, 누가 차를 태워준다 해도 거절하구 꼭 걸어서 집까지 갈게요. 그래서 이번엔 나약하지 않은 믿음직한 아들의 모습 보여드리겠어요. (지갑에서 돈을 꺼내주며) 아버지, 이 돈두 맡길게요. 돈이 있으면 돈으로 해결하려고 할 터이고, 마음이 약해질 것만 같아서요.

철호 (놀라우면서도 흐뭇해하며) 그래, 돈이 사람의 의지를 꺾을 때가 많다. 아들아! 지금의 네 모습이 참으로 보기 좋구나. (받은 돈에서 만 원권 한 장을 다시 주며) 이건 돈이 아니고 약이다. 아버지가 아들에게 주는, 꼭 필요할 때 사용할 약, 받아두어라.

일택이 돈을 받고, 두 사람 포옹한다.
이때, 배경음악 고조되었다가 조명 두 곳으로 나뉜다.

제2장 철호네 거실과 길

무대 우측에는 일택이 힘겨워하며 걷는 모습이 간간이 비친다. 무대 좌측 전면은 일택의 집 거실로 설정된다. 일택의 동작은 연출 의도에 따라 적당한 간격으로 재현시킬 수 있도록, 무대는 이분화되어 진행된다.
거실에는 철호가 초조한 모습을 보이고 있고, 은실은 화가 난 상태이다.

은실 도대체 당신 정신이 어떻게 된 거 아니에요?
철호 (아무 말도 않고 방 안을 서성인다)
은실 (신경질조로) 여보! 앤 어떻게 된 거냔 말이에요.
철호 말했잖아. 지금쯤 열심히 걸어오고 있는 중일 거라구….

은실 아니, 애를 몇백 리 밖 산간벽지에 내팽개치구 당신 혼자만 차를 타구 왔단 말이에요?

철호 내팽개치긴? …개가 무슨 물건인가 내팽개치게….

은실 아이구, 잔소리 말구 어서 가서 데려와요. 원 세상에….

철호 글쎄, 괜찮을 거래두.

은실 (O. L) 괜찮긴 뭐가 괜찮아요? 그러다가 병이 난다든가 사고라도 당하면 당신 어쩔 거예요? 애를 잡지 못해 환장했우? 그것두 하나밖에 없는 애를….

철호 당신은 내 깊은 뜻과 걔 결심을 몰라.

은실 몰라도 좋아요. 어서 내 아들 일택이를 이 눈앞에 데려오란 말이에요.

철호 (달래며) 여보, 진정하구. 이리 와서 내 얘길 좀 들어봐요.

은실 내가 지금 진정하게 됐어요? 애가 졸지에 행방불명인데….

철호 행방불명이라니, 아 지금 길 따라 잘 오구 있다니까.

은실 길 따라 잘 오고 있는 거 당신 보여요? 어디 내 눈에도 보이게 해봐요.

철호 여보, 난 내 아들을 믿어. 그리구 그 결심을 대견스럽게 생각해. 당신도 알다시피 우리 일택인 그동안 너무 나약했었어. 당신의 지나친 과보호 때문에 애 스스로는 아무런 일도 할 수가 없었잖아. 자식을 그렇게 키워선 안 돼. 지금 걔 나이가 몇 살인가? 도대체 언제까지 당신 치마폭에서 기를 생각이야?

은실 걔는 삼대독자란 말이에요. 눈에 넣어도 아프지 않을 내 아들, 그 귀한 아들을 군견 훈련시키듯 그렇게 해야만 했어요? …난 그렇게 못 해요.

철호 귀한 자식일수록 고생시키며 엄하게 키우란 말도 있잖소?

은실 여하간 내 아들은 안 돼요. 난 걔를 어디까지나 귀공자답게 귀하게 키울래요. 아, 우리가 뭐가 부족해서 하나밖에 없는 아들을 그렇게 고생시켜요? 또 세상일이란 닥치면 닥치는 대로 누구나 살게 마련인 거예요.

철호 이번 일은 걔 뜻에 맡기고 지켜봅시다. 스스로 성취감을 느끼게 해주잔 말이요. 그리고 사나이와 사나이의 약속이기도 하니 당신이 좀 이해하구려.

은실 그게 어디 사나이와 사나이의 약속이에요? 얼음장보다 차가운 인정머리 없는 애비와 세상 물정 모르는 철딱서니 없는 아들이 만용을 부린 거지… 어이구, 이놈의 새끼 미련하긴 꼭 지 애빌 닮아가지구설랑….

철호 어이가 없다는 듯 아내를 쳐다보고 있는데, 달수 (할아버지) 들어온다. 고급 밀짚모자에다 콧수염을 기른 모습이 제법 위풍당당하고 멋스러워 보인다.

달수 아니, 일택이가 뭐 어쨌다구?

은실 어서 오세요 아버님! 글쎄, 이이가 일택이를 산간벽지에다 버리고 왔대잖아요.

달수 (소파에 앉으며) 일택이를 버리구 오다니? 도대체 그게 무슨 말이냐?

철호 이 사람이 말을 해두… 실은 아버님….

달수 어서 말을 해봐.

철호 저, 그제 일택이를 데리구 설악산엘 갔더랬지 뭡니까.

달수 그래서, 요점을 얘기해.

철호 아버님께서도 아시다시피 우리 일택이 녀석이 대가 좀 약하지 않습니까.

달수 요점만 말하래두.

철호 예, 요점만 말하잠… 일택이에게 사나이 극기훈련두 시킬 겸 해서….

달수 어허, 요점만….

철호 아, 예. 그 녀석이 자기의 체력과 정신력을 시험해 보고 싶다구 해서….

달수 그래서 너의 처 말마따나 애를 산간벽지에 버리구 왔단 말이냐?

철호 버리다뇨? 설악산에서 집까지 한번 걸어보겠다는 용기가 가상해서….

달수 음 -, 허긴 용기 있는 결단임엔 틀림없구먼.

철호, 한결 안심하는 표정이고, 은실은 한심하다는 표정을 하고서, 달수와 철호를 번갈아 본다.

달수 근데, 그 녀석이 어쩌다가 그런 엄청난 생각을 하게 되었는고? …보통 먼 길이 아닌데 그런 기특한 생각을 다 하다니… (대견스러워한다.)

은실 (기가 막혀 어쩔 줄 몰라 하며) 아니 아버님! 지금 손자가 사경을 헤맬지도 모르는 판국에 기특한 생각이라니요?

달수 이젠 녀석두 청년이야. 청년이 좀 많이 걷는다구 무슨 큰 변이야 생기겠냐?

할아버지, 며느리와 아들의 눈치를 살피며 태연한 체 하지만 실은 내심으로 불안하고 초조한 듯, 며느리를 진정시키려 한다.

달수 얘, 에미야. 그리 안달복달하지 말구 좀 침착해라. 당장 무슨 일이 생긴 것두 아니구… 별다른 이상이야 있을랴구.

은실 이상한 일은 벌써 일어났잖아요? (남편을 가리키며) 저인 가끔 이렇게 기절초풍할 일을 만든다니까요.

달수 기절초풍? 뭐가 그리 기절초풍할 일이냐? 애비도 무슨 생각이 있겠지. 애를 위해서 말이다. (흘겨보듯 하는 며느리를 애써 외면하면서) … 좀 미련한 짓이긴 했지만, (철호를 향해) 아범아! 넌 왜 그리 꿀 먹은 벙어리처럼 그럭하구 있어? (며느리의 눈치를 보며) 가서 술이나 한 잔 가져오너라.

철호 …술 …하시게요?

달수 사람의 마음을 진정시키는 데는 그저 술이 약이지. 특히 이런 분위기에선 말야. 어험…. (마른기침을 하고는 콧수염을 쓰다듬으며 아들을 향해 윙크한다.)

철호 그렇긴 하죠. (일어나 돌아서는데, 은실이 '빽-' 소리를 지른다.)

은실 (철호에게) 어딜 가려는 거예요?

철호 (깜짝 놀라며) 아, 아버님께서 술 가져오라고 하시잖아.

은실 그러지 말구 예 좀 앉아 봐요.

할아버지, 철호에게 눈짓하자 철호는 술을 가지러 가는데, 은실은 이마에 손을 얹으며 기막혀 한다.

은실 아이구, …아버님…!

철호 (간단한 안주와 양주병, 그리고 술잔을 가져다놓는다.)

달수 (철호가 가져다놓은 술을 보고) 우선 한 잔 들이키고 보자구. (철호에게 잔을 내밀며) 자, 따라라.

철호 네. (공손하게 술을 따른다)

달수 (철호가 따라준 술을 마시고는 손수 연거푸 따라 마신다)

은실 (한심하다는 표정으로 바라보며) …술이 …맛있으세요, 아버님? 하나뿐인 손자가 없어졌는데두요.

달수 없어지긴? 지금 열심히 집을 향해 걸어오고 있다잖아 그렇지, 애비야!

철호 (고개만 끄덕인다)

달수 (다시 콧수염을 쓰다듬으며) 얘 에미야, 너 부전자전이란 말 들어봤지?

은실 …네?

달수 실은 말이야. 나두 네 남편을 어렸을 때 길거리에 한 번 버린 적이 있지.

은실 (응시할 뿐)

달수 너두 알다시피 네 남편이 어렸을 때 소아마비를 앓았지 않느냐. 그래서인지 걷기를 아주 싫어했어. 나는 어떻게 해서라두 다리에 힘을 길러주기 위해 걷게 하려고 했지만 아이는 찡얼거리며 자꾸 업어달라고만 고집하더군. 안쓰러워 많이 업어주기도 했지. 그렇지만 걸음걸이가 불편할지라도 남의 힘에 의지하지 않는 강한 사내로 키우고 싶은 심정은 한시도 갖지 않은 적이 없었어. 하루는 업어달라는 철호를 길 한가운데 놔둔 채 몸을 숨겨버렸지. 한참 두리번거리던 애는 결국 의지할 데가 없다는 걸 알고서는 겁먹은 얼굴을 했지만 혼자서 집까지 걸어가더군. 그때도 네 어머닌 겁에 질려 혼자 들어오는 아들을 보고 기절할 듯 놀라더구나. 그것을 시작으로 난 기회가 있을 때마다 내 아들에게 혼자서 해낼 수 있다는 자신감과 믿음을 심어주려고 나름대로 훈련을 시켰단다.

은실 (답답해하며) 아버님, 아범과 일택이와는 상황이 다르잖아요.

달수 (O. L) 다르긴 뭐가 달라? 일택인 지금 집으로 오고 있어. 목적지가 뚜렷한데 뭐가 문제야? 걔가 지금 미지의 무인도나 아프리카의 오지로 가고 있는 게 아니잖아.

철호, 아버지의 말에 수긍하며 연신 고개를 끄덕이고 있다.

은실 (남편이 못마땅해서) 아이구, 거 제발 고개 좀 끄덕이지 말아요. 어지러워 못 견디겠네.

철호 (역시 고개를 끄덕인다)

은실 아이구 답답이야. (혼잣말로) 이 녀석 밥은 굶지나 않는지… 또 잠은 어디서 자는지… (안타까워하며 송수화기를 들고 전화를 걸다가 통화가 되지 않자 도로 놓는다) 이놈의 자식, 아직까지도 휴대폰을 꺼놨네.

달수 그 녀석 단단히 결심했나보군 그래. 에미와 통화가 되면 잔소리에 마음이 약해질 게 뻔하니까 그렇지. 그리구 에미 너 자꾸 이놈의 자식, 이놈의 자식 하지 말거라. 이놈이 누군데…? (철호를 쳐다본다)

철호 (멋쩍은 표정을 지으며) 일택이가 내 아들이 분명하니 이놈의 자식이면 이놈은 아마 날 가리키는 말이겠지요.

은실 아니, 지금 농담들 하시는 거예요?

철호 농담은 무슨….

은실 안 되겠어요. 내가 직접 찾아 나서야지. (일어선다.)

철호 (아내를 말리며) 찾아 나서다니? 걔가 지금 어디쯤 있는지도 모르잖소?

은실 그렇다구 이렇게 맥 놓고 앉아만 있을 순 없어요.

달수 그냥 집에서 기다리는 게 좋을 거다. 괜히 나섰다가 너야말로 길을 잃게 될지 모르니까. 참을성 있게 좀 기다려 보자구.

은실 (갑자기 울먹이며) 어떻게 그렇게들 마음 편할 수가 있어요? 애가 지금 어떤 지경에 처해 있는지도 모르면서….

달수 물론 고생이야 되겠지. 설악산에서 서울까지 좀 먼 길이냐. 하지만 자초한 고행을 통해서 많은 것을 느끼고 배우게 될 거야. 그러니 너무 걱정하지 말거라. 아마 보다 더 자랑스러운 아들이 되어 돌아올 테니 기대해 보자구.

은실 전, 전 애비가 미워요. 이해할 수가 없단 말예요. 하필이면 자식에게 왜 그런 가혹한 고생을 애써 만들어서까지 시키느냐 말입니다.

달수 나중에 다 알게 될 거야. 네 남편과 아들의 약속이 얼마나 큰 뜻을 담고 있는지를. 지금은 에미, 네 가슴이 아프고 쓰라리겠지만 그래도 부자지간의 아름다운 약속이잖니? 우리 그 약속의 좋은 결실을 기다려 보자구.

은실이 흐느끼며 주저앉는데, 달수가 며느리의 어깨를 토닥여주며 일으킨다. 철호, 두 사람의 모습을 바라볼 때, 조명 서서히 어두워지며 무대 중앙으로 조명이 옮겨진다.

제3장 해질녘, 어느 농가

일택이 평상에 앉아 발가락의 물집을 따며 피곤한 몸을 추스르고 있다. 잠시 후 노인이 나타난다.

노인 (일택이 곁에 앉으며) 이보게, 많이 힘 들었지?

일택 아닙니다. 저야 젊었는데요 뭘.

노인 농사일은 젊었다구 잘 하는 게 아니지. 요령과 경험을 더 필요로 하는 거야 (삶은 옥수수를 권하며) 이거 좀 들게나.

일택 전 괜찮습니다. 아까 밥을 많이 먹어서요.

노인 그래두 별미루 먹어보라구.

일택 (받아먹으며) …근데 할아버지, 할아버지께선 혼자 이 농사를 다 지으시는 거예요?

노인 사람이 있어야지. 그리구 얼마 되지도 않아 혼자서두 지을 만하다네.

일택 (끄덕이며) 자제 분들은 …안…?

노인 (O. L) 있지. 자그마치 네 명, 아들 셋에다 딸 하나. 모두들이 시골을 떠나 도시에 나가 바쁘게들 살아.

일택 …보고 싶으시겠어요.

노인 (갑자기 쓸쓸해하며) 물론 보구 싶구말구. 저희들두 아비가 보구 싶구 걱정이야 되겠지 뭐. 인륜인걸. 하지만 사는 길이 다른 걸 어쩌겠나. 그저 저희들이나 잘 살아주었으면 바랄 뿐이야.

일택, 잠시 생각에 잠기는 듯하다가 갑자기 자신의 뺨을 세차게 때린다. 노인도 약간 꿈질하고 놀란다.

노인 왜 그러나? 모기였나보네. 여긴 모기가 많지. 해가 지면 더욱 기승을 부린다네. 고 작은 것들이 얼마나 사람을 괴롭히는지 원….

일택 (웃으며) 그러고 보니 사람을 괴롭히는 것은 다 작은 것들인 것 같아요. 덩치 큰 코끼리나 하마, 그리고 소 같은 것은 사람을 병들게 하거나 괴롭히진 않죠. 근데 모기같이 작은 것들이… 눈에두 잘 보이지 않는 세균 같은 것은 사람을 병들게 하구 심지어는 죽게까지 하잖아요.

노인 듣고 보니 그런 것 같군, …그런데 말이야.

일택 …네? …말씀하세요.

노인 (머리를 갸우뚱거리며) 혹시 내 말을 이상하게 들을지 모르지만 말이야. 아주 궁금한 게 있어.

일택 저에 대해서 말씀입니까?

노인 그렇다네. 보아하니 아주 먼 길을 걸어온 것 같은데, 행선지가 어디구 어떻게 이곳, 나한테까지 오게 되었는지…, 아까 옥수수밭에서 일하는 걸 보니 농사일도 영 아니더라구….

일택 물론 궁금하시겠죠. 그렇다구 탈영병이나 간첩은 아니니까 안심하세요.

노인 아냐, 자넬 의심해서가 아니라, 어쩐지 무슨 특별한 사연이 있는 것 같아서 하는 말일세.

일택 …할아버지, 실은 저 설악산에서 여기까지 걸어서 온 거예요.

노인 (놀라며) 뭣이라, 설악산에서? 여기까지 얼추 이백 리는 될 터인데 걸어서 와?

일택 예. 그저께 출발했었죠.

노인 왜, 차비가 없어서?

일택 아뇨. 그냥 한번 걸어보고 싶어서요.

노인 (관심을 보이며) 어디까지?

일택 …서울까지요.

노인 뭐 서울까지? 자네 걷는 게 취미인가?

일택 아뇨.

노인 (머리에 손가락을 대고 뱅뱅 돌리며) 실성하진 않았지?

일택 아녜요. 할아버지.

노인 실성하지두 않았는데 그냥 한번 걸어보구 싶어서 설악산에서 서울까지 걷겠다구?

일택 네, 할아버지. 아버지와 약속했으니까요.

노인 그러니까 자네 아버지가 자네더러 설악산에서부터 서울까지 걸어오라고 했단 말이지?

일택 제가 그러겠다고 했습니다.

노인 자네가 그러겠다고 하니 자네 아버님이 그러래?

일택 …네….

노인 그렇담 자네 아버지두 자네처럼 실성을 하셨군.

일택 아닙니다. 아버진 제가 강인한 아들이 되기를 원하시죠. 사실 저는 온실에서 자라는 화초처럼 유약하게 자랐습니다. 어머닌 삼대독자라고 저를 애지중지 보호만 해주셨죠. 사실 전 혼자서는 매사에 자신이 없었거든요. (다시 볼에 앉은 모기를 세차게 후려친다)

노인 아, 이 사람아! 때리려면 모기나 때릴 것이지 왜 자네 뺨까지 때리나?

일택 (웃으며) 그런 재주가 있어야죠. 어차피 다른 놈을 희생시키려면 내 일부도 조금 희생시켜야 하잖아요?

노인 허, 그 말도 일리 있군 그랴. 근데 자네 정말 서울까지 걸어갈 거야?

일택 네. 전 비장한 각오로 아버지와 약속을 하였으니까요. 아버지의 아들로서만 아니라 군건한 사나이로서 목적을 이루어볼까 해요.

노인 (혀를 차며) 원 별놈의 목적이 다 있군. 세상에 할 일이 쌔고 쌨는데 하필이면 이거야? (일어나서 걷는 흉내를 낸다)

일택 나의 투지를 한 번 시험해 보는 거죠.

노인 (염려스러워하며) 내가 묘책 하나를 가르쳐줄까?

일택 묘책이라뇨?

노인 하여간 오늘은 늦었으니 여기서 푹 쉬구…. 아니지, 아예 며칠 쉬어도 돼. 일이 서툴러서 머슴으론 쓸 순 없지만, 찬 없는 밥이지만 밥은 멕여줄 테니 며칠 쉬고서 버스 타구 서울 가. 차비가 없으면 내가 보태 줄께. 그리구 집에 가서는 '나 지금까지 걸어서 왔어요' 하면 되잖아. 괜히 미련 떨지 말라구….

일택 그렇게 하진 않겠습니다. 이 일은 나 자신과의 싸움이기도 하니까요. 전 아버지를 실망시키지 않을 겁니다. 어떠한 고난이라두 참고 견뎌서 아버지와의 약속을 반드시 지키는 자랑스러운 아들이 되고 싶습니다. (말을 하다가 가끔 허벅지를 만지며 괴로워한다.)

노인 (일택의 결심에 감복한 듯 고개를 끄덕인다) …알겠네. 자네 마음이 그렇다면 꼭 그 뜻을 이루어 보게나.

일택 고맙습니다, 할아버지. 그리구 제게 베풀어주신 온정 잊지 않겠습니다.

노인 …내일 날 밝으면 떠나겠다 이거지?

일택 할아버지와 헤어지는 건 섭섭하지만 떠나겠습니다.

노인 이보게, 난 아직 자네 이름을 모르는군.

일택 아참, 할아버지 저 일택입니다, 손일택이요.

노인 (쓸쓸한 표정으로) 일택이라… 일택이, 우리 다시 만날 날이 있을까?

일택 그럼요. 반드시 다시 찾아뵙겠습니다. 저도 할아버지가 계시거든요. 이번에 멋지게 아버지와의 약속을 지키고 나서 할아버지와 아버지를 모시고 할아버지를 뵈러 오겠습니다.

노인 고맙네. 난 꼭 그날이 올 것으로 믿고 기다림세.

일택 제가 아버지와 한 약속을 지키듯이 할아버지와의 약속 또한 지킬 겁니다. (다시 허벅지를 만지며 약간의 비명을 지른다)

노인 아니, 자네 아까부터 사타구니를 자꾸 만지는데… 어디 아픈가?

일택 네, 허벅지 사이에 혹이 생겨서 좀 아픈데요.

노인 (혀를 차며) 에이 쯧쯧, 거 가래톳이 생겼나보군. 무리하게 걸으면 그놈이 생기지.

일택 무슨 좋은 처방이 없을까요? (반색을 한다)

노인 그건 약이 없어. 무조건 째는 수밖에.

일택 (근심스런 얼굴로) 째다니요? 수, 수술 말씀인가요?

노인 뭐 수술까지랄 건 없구, 그냥 간단하게 말 그대로 째면 돼.

일택 (겁을 먹고 노인을 쳐다본다)

노인 겁먹을 것 없어. …에… 그냥 뭐 여드름 짜는 정도라구 생각해. 그냥 놔두면 오래 가구 고생하지.

일택 아이구 어쩌면 좋아. (머리를 감싼다)

노인 (마치 의술인이나 된 것처럼 의기양양하게) 가만있게. 내가 도구를 가져올 테니…. (일어나서 무대 우측으로 퇴장하려는데)

일택 (성급하게) 하, 할아버지, 도구라뇨?

노인 응, 그걸 도려내려면 칼 같은 게 있어야 할 게 아냐. (퇴장한다)

일택 칼? …이거 혹시 식칼 같은 거 갖구 오시는 건 아냐? 아이구 괜히 얘길 했나 봐. 어쩌지? (불안해한다)

노인 싱글벙글 웃으며, 면도날을 갖고 등장한다.

노인 겁이 많은 걸 보니 강한 아들로 키우고 싶은 자네 아버지 심정 이해할 만하네.

일택 (면도날을 보고 약간은 안도한다.) 휴-, 식칼은 아니군요.

노인 자! 이젠 바질 벗으라구.

일택 그걸로 어떡하시게요?

노인 어떡하긴… 이걸루 그놈의 가래톳을 탁 째는 거지. (째는 흉내를 낸다)

일택 (바지를 내리며) 조, 조심하세요.

노인 걱정 마. 이래뵈두 몇 번 째본 경험이 있으니까… 아주 간단해. 아니 설악산에서 서울까지 걸어가겠다는 용기를 가진 사나이가 요까짓 것에 겁을 먹어서야 쓰나. 자, 겁내지 말구 잠깐이면 돼.

일택 끔찍하다는 듯 눈을 찔끔 감는데, 노인은 마치 망나니와 같은 포즈를 취한다. 노인의 "얏" 소리와 일택의 "윽" 소리가 교차되면서 암전된다.

제4장 앞장과 같은 장소 (아침)

떠날 차비를 하고 있는 일택에게 노인이 나무 지팡이와 삶은 옥수수를 담은 봉지를 들고 온다. 들새들의 울음소리 간간이 들린다.

노인 하루 더 쉬었다 가면 좋으련만…. (평상에 앉는다)

일택 아닙니다. 가야 해요. 할아버지, 너무 고마웠습니다.

노인 (일택의 허벅지를 가리키며) 거긴 어때? 좀 괜찮은 거야?

일택 (웃으며) 네, 괜찮습니다. 할아버진 아주 명의십니다.

노인 명, 명의라니?

일택 아주 병을 잘 고치는 의사란 말이죠 뭐.

노인 하하, 면도날 한 번 잘 휘둘렀다구 명의라? 거 의사도 별것 아닌가 보네.

일택 아, 말이 있잖습니까? 새를 잡는 것이 매라구요.

노인 (맞장구를 치며) 옳아, 그렇다 치구…, 자넨 오늘 꼭 떠나겠다는 거지?

일택 죄송합니다.

노인 …아냐. 자네 뜻이 그런 걸 어쩌겠나. (봉지를 주며) 옥수수 댓 개 담았네. 가다가 시장기가 돌면 먹게나. 그리구 이건 오늘 새벽 내가 손수 만든 지팡이인데….

일택 지팡이요? (받아서 살펴본다)

노인 긴 여행에는 길동무가 필요하거든…. 지팡인 지친 몸을 의지하게두 해주구, 또 때로는 말동무도 돼주지. 비록 요게 주둥이가 없어 말은 않지만 자네 얘기는 들어줄 걸세. 혼자서 걷는 길이란 여행두 그렇구 인생길도 그렇구 너무나 외롭구 쓸쓸하거든. (쓸쓸함과 외로움이 서리는 표정이 된다.)

일택 (숙연하게) 할아버지!

노인 ….

일택 …쓸쓸하세요?

노인 (고개만 끄덕인다.)

일택 꼭 다시 찾아뵙겠습니다. 그땐 며칠 묵을 거예요, 할아버지께서 허락만 하신다면요. 그럼 부디 건강하세요.

노인 그래, 그럼 어서 떠나게나. 자네 부모님들이 몹시 기다리실 게야.

일택 … 네…. (옥수수와 지팡이를 챙기고 일어선다.)

노인 (못내 아쉬운 듯, 시선이 허공으로 향한다.)

일택 그럼, 할아버지 안녕히 계십시오. (허리를 크게 굽혀 절한다.)

까치 우는 소리가 가까이에서 들린다.

노인 (허공을 바라보며) 망할 놈의 까치, 까치가 울면 반가운 손님이 온다는데, 이놈들아 지금이 울 때냐? 헤어지기 싫은 손님이 떠나가는 판인데….

일택 (다시 허리 굽혀 인사하고 발길을 돌린다.)

노인 (멀어지는 일택을 향해) 여보게, 나 말이야, …꼭 기다리겠네.

조명, 노인으로부터 어두워지며 일택이 걷는 모습으로 이동한다.
일택이 약간 절름거리며 걷는다.
음악, 행진곡조의 장엄한 곡이 S. I되면서 일택의 목소리 내레이션 형식으로 이어진다.

소리 나는 지금 안간힘을 다해 아버지와의 약속을 지키려고, 아니 내 자신의 의지를 시험하기 위해 머나먼 길을 걷고 있다. 며칠을 걷는 동안 여러 유형의 여행자들도 만났었다. 멋진 유니폼으로 단장한 사이클 팀, 그들은 유유히 사라지며 초라한 내 모습을 보고 비웃는 듯도 했다. 또 어떤 마이카 족은 나를 동정하여 태워주겠다고도 했지만, 나는 정중하게 사양했었다. 그때마다 그들로부터 멀리 뒤쳐지는 순간순간 낙오자가 되는 느낌마저 겪어야만 했다. 정말 혼자서 걷는 길이란 노인의 말처럼 너무나 쓸쓸하고 고달픈 고행길이었다. 이제 나는 저만치 앞에 보이는 이정표가 흔들려 보일 만큼 지쳐 있다. (잠시 휘청거리며 걷는 모습이 재연된다) 하지만 나는 걷고 또 걸어야 했다. 노인이 길벗 삼아 가져가라던 이 지팡이는 그분의 말처럼 나의 동행자가 되어 나를 부축하고 말벗도 되어주었다. 외롭고 쓸쓸해 보이던 그 노인이 세상사 모두를 두루두루 겪어낸 도인이나 달인처럼 느껴지는 것은 왜일까? 인자한 마음씨에 이마와 볼에 굵게 패인 주름살은 그분이 얼마나 험난한 인생길을 걸어왔는지를 말해주는 것 같았다. 나는 지금 그 노인이 만들어주신 지팡이를 유일한 동행자로 삼아 의지하며 걷고 또 걷는다.

일택이 서서히 몸을 돌려 돌아온 길을 돌아보는데, 가쁜 숨을 쉬며 지팡이에 피로한 몸을 의지하고 노인에게 말하듯 중얼거린다.

일택 할아버지, 할아버지가 만들어주신 이 지팡이가 내 한 발 앞서 저를 인도합니다. 하지만 이제는 이 지팡이를 따라가기에도 너무 힘들 만큼 지쳤습니다.

일택, 몸의 중심을 잃고 휘청거리다가 그 자리에 쓰러진다. (조명 나간다)

제5장 철호네 거실 (2장과 같음)

할아버지가 의자에 앉아 좀 심각한 표정으로, 실내를 서성이며 초조해 하는 철호를 가끔씩 쳐다보고 있다. 잠시 방안은 침묵이 흐른다.

달수 (신경질조로) 거, 시계불알처럼 왔다갔다 하지말구 가만히 좀 앉아 있어라.

철호 어쩐지 불안해서….

달수 거, 방정맞은 생각은 말구, 예 와서 좀 앉아.

철호 아버님, 벌써 닷새째잖아요.

달수 닷새? 하긴 옛날 나 같았으면 야 한 사흘이면 거뜬히 올 수 있었겠지만, 일택이 그 녀석은 좀 어렵지. 너희들이 그렇게 허약하게 키운 걸 어쩌나?

철호 (원망하듯) 아버진 어떻게 그리 태연하실 수 있으세요. 손자가 지금….

달수 (짜증을 내며) 이놈아, 지금 내가 속이 편해서 이러구 있는 거냐? 나두 지금 애간장이 다 녹는다. 근데 네 처는 또 어찌된 거야?

철호 (한숨 쉬며) 전들 압니까? 막무가내 찾아보겠다구 나간 걸요.

달수 난 네 처가 더 걱정이다. 지금쯤 강원도 어디나, 경기도 어디메서 방방 뛰고 있겠군. 아, 강원도에서 서울 오가는 길이 어디 하나라더냐 찾아나서게?

철호 그 사람두 하 답답하니까 그러겠죠. 그 성미에 가만있을 수 있겠습니까?

달수 쯧, 하난 성미가 너무 느긋해서 탈이구, 하난 지나치게 팩팩해서 탈이구 쯧쯧… (혀를 길게 차며 철호의 아래 위를 흘겨본다.)

철호 암만해두 아버지! 제가 욕심이 좀 과했나 봅니다.

달수 말이 나왔으니까 말인데, 설악산은 너무 심한 거였어. 저 동두천의 소요산이나 양평의 용문산 정도면 적당할 걸. 걘 아직 세상 물정을 몰라두 너무 모르잖냐.

철호 지금에 와서 그런 말씀하시면 어떡해요? 아버지도 찬성하셨으면서….

달수 …답답해서 하는 말이지. (갑자기 신경질을 내며) 아, 언제 내가 널더러 애를 설악산으로 몰고 가라구 했냐? 자식 강하게 키워보구 싶다기에 그 생각 한번 잘했다구 동의한 것뿐인데….

철호 (생각에 잠겨 혼잣소리로) 소요산이나 용문산…? 아냐, 큰맘 먹고 하는 일 설악산 정도는 되어야 했어.

전화벨소리가 요란하게 울린다.

달수 (기대감에서) 내, 내가 받으마. (송수화기를 들고) 여보세요?

필터 (할머니의 성난 목소리) 영감이우?

달수 응… 그렇소. 그런데 목소리가 왜 이리 째지는 소리요?

필터 잔소리 집어치구, 일택이 어떻게 됐어욧?

달수 (찔끔하며, 전화기를 손으로 막고 철호에게) 다짜고짜 일택이 어떻게 됐냐구 소리를 팩 지르는데 뭐라구 대답하지?

철호 어머니예요? (달수 끄덕이자 역시 당황해 하며) 글쎄, 오는 중일 거라구….

달수 (송화기에 대고) 이봐, 지금 오는 중일 거래.

필터 오는 중일 꺼라구욧. 아이구 이 한심한 화상들….

달수 (철호에게) 우리 보구 화상들이래.

철호 …하긴 욕 먹어두 싸죠 뭐.

달수 뭐야? (송화기에 대고 부드럽게) 임자, 그렇게 성깔만 부리지 말구 좀 기다려 보자구.

필터 뭐라구욧.

달수 (얼른 전화기를 내려놓고 철호에게 화풀이를 한다.) 야 이놈아, 너 때문에 나까지 화상소릴 들어야겠니?

다시 전화벨이 울린다.
두 사람 서로 전화 받으라고 손짓한다.

달수 전화 받아, 어서.

철호 (피하며) 아버지가 받으세요. 보나마나 또 어머니 전활 텐데요.

달수 (마지못해 전화를 받는다.) 여. 보. 슈. …뭐 뭐라구요? 피자 한 판 보내달라구? (화를 버럭 내며) 여기 피자가게 아냐.

은실이 맥없이 들어오다가 할아버지가 전화기를 '쾅'하고 내려놓는 소리에 화들짝 놀라 주저앉는다.

은실 에구머니나….

철호 (놀라 아내에게 다가가며) 왜 그래? 무슨 일 있어?

은실 몰라요, 몰라. 아버님 전화 땜에 가슴이 철렁했잖아요. 도대체가… (숨을 몰아쉬며) 여보, 나 물 좀….

철호 알았어. (얼른 물을 따라 가져다준다.)

달수 내가 널 놀라게 했나 본데 미안하다.

은실 (물을 마시고는) 여보, 어쩜 좋아요? 함흥차사예요.

달수 함흥차사라니, 그런 몹쓸 말 하면 안 돼. 넌 도대체 어디까지 갔다 온 거냐?

은실 그냥 정신없이 왔다갔다 했어요. 원주까지 갔다가 되돌아왔어요.

달수 …쯧쯧, 고생만 했구나. 길이 어디 하나라야 말이지. 고속도로도 있구 국도두 있구 산업도로, 게다가 지름길에 샛길까지 있는데, 어느 길에서 만날 거라구 가긴 가? 에미야 너무 걱정 말아라. 일택이는 아마 당당한 사나이 모습을 하고 오늘 내일 우리들 앞에 나타날 거야.

은실 (기진해서) 아버님, 저 좀 쉴래요.

달수 그래, 그래. 애비야 얼른 방으로 데려가거라.

철호, 은실을 부축하여 방으로 들어가는데 부저소리가 들린다. 모두 눈이 휘둥그레지며 멈추어 서고. 할아버지가 밖으로 나간다.

달수 (소리) 일택아, 일택아, 이 녀석아! (목이 멘 소리다.)

일택 (소리) 할아버지!

철호와 은실 방으로 들어가려다 놀라 뒤돌아서 나오는데, 달수 일택을 부축하고 들어온다. 일택은 마치 부상당한 패잔병의 모습으로 다리를 절름거리며 아버지와 어머니에게 다가간다.

철호
은실 (동시에) 일택아!

일택 (피로한 기색이지만 의연하게) 아버지! 드디어 해냈습니다. 아버지와의 약속을 지켰습니다.

철호 오냐. 장하다 내 아들! 넌 이제 허약한 아들이 아니다.

일택 (눈물 짓는 어머니를 포옹하며) 어머니, 죄송해요. 걱정 많이 하셨죠?

은실 일택아, 일택아! (우는 듯 웃는 듯, 일택의 가슴팍과 어깨를 때리다가 쓰다듬곤 한다).

모자의 모습을 보는 철호, 엉거주춤 서 있는데 할아버지는 흐뭇하게 바라보며 콧수염을 쓰다듬는다.

달수 (갑자기 위엄을 보이며 큰소리로) 장하다 내 손자! (철호를 향해 엄지 손가락을 치켜들어 보이며 윙크를 한다)

부둥켜안고 있던 모자가 고개를 돌려 달수를 쳐다보는데 조명 나간다.

샤인

박지연

때 / 곳

현대, 미국 버지니아 주의 가정집 작은 방

인물

형석 (46, 남)
재민 (19, 남)

무대
재민의 방. 단출한 느낌의 책상과 책장, 의자, 침대가 있다. 책장에 연극 관련 서적들과 라디오가 진열되어 있다. 책장 옆, 뿌옇게 먼지 쌓인 통기타가 비스듬히 세워져 있다. 바닥에도 먼지가 굴러다닌다. 오랜 시간 아무도 머물지 않은 것처럼.

무대 중앙에 낡은 방문이 정면으로 보이며, 문 근처에 하드록 스타의 등신대가 우스운 포즈로 서 있다. 방문에 붙은 포스터가 절반쯤 뜯겨 있다. 다음 가사가 적힌 포스터다.

Teach me how to speak Teach me how to share

Teach me where to go Tell me will love be there

Oh, heaven let your light shine down

-Collective Soul "Shine"

1장

재민의 방. 록을 좋아하는 평범한 미국 청소년 방으로 보이지만, 어둡고 음산한 조명이 이세계적인 느낌을 준다. 방금 누가 한바탕 싸우고 떠난 후처럼 방바닥과 침대 위에 200자 원고지 여러 장이 흩어져 나뒹군다. 어떤 페이지는 찢겨 있고, 어떤 페이지는 구겨져 있다. 재민이 쓴 희곡이다.

방 한 가운데 형석이 고개를 뒤로 젖힌 채 의자에 앉아 있다. 손에 지포라이터를 쥐고, 뚜껑을 딸깍 딸깍 열었다 닫았다 하며, 하릴없이 의자를 삐걱 삐걱 양옆으로 돌린다. 숨을 고르는 형석, 고개를 든다. 지쳐 보인다. 결연해보이면서도, 당장에 울분을 토할 것 같기도 한 위태로운 표정이다.

형석의 팔목 안쪽에 펜으로 표시한 우물 정(正)자가 여러 개 보인다. 책상 위에는 그가 정신없이 적어내린 메모들이 뒹군다. 종이를 한 움큼 쥐어 벽에 던지는 형석. 곧 누군가와 대화하듯이 연기한다.

형석 학교 가지 마. … 문학 수업이잖아. … 그래, 네 마음 안다. 학업이 중요하다는 것도, 대학 가라는 것도 내가 한 말이야. … 그렇지만 난 네가 더 중요한 뭔가를 놓치지 않고 살았으면, 좋겠구나. (사이) 이건 나중에 말해야 돼.

새 종이 위에 글쓰기 시작하는 형석, 단어를 썼다 지웠다 하며 문장을 고친다. 몇 문장 더 쓰다가, 통째로 지워버리고는 다시 적는다.

형석 학교 가지마. … 문학 수업이잖아. … 수업 나랑 하자구. 그래, 단도직입적으로. (종이를 품에 넣고 주문 외우듯) 싫다고 하지 마. 싫다고 하지 마.

자리에서 일어나는 형석, 지포라이터와 펜을 주머니에 넣고, 주변을 정돈하기 시작한다. 흩어진 원고지를 한 데 모아 책상 서랍에 넣으며 "싫다고 하지 마."를 반복해서 중얼거린다. 덜렁거리는 포스터를 똑바로 붙이고, 이부자리를 정리하고, 그대로 침대에 꼿꼿하게 앉는 형석. 긴장한 기색이다.

조명 서서히 형광등처럼 밝게 변한다. 적막 속에 라디오 치직거리며 주파수 찾는다.

라디오에서 Collective Soul의 "Shine" 재생된다. 형석, 굳은 얼굴로 팔목에 正자 작대기 하나 표시한다. 문밖에서 덜컥 화장실 문 열리는 소리, 저벅거리는 발소리 들린다. 방문이 열리고, 재민이 수건으로 머리를 털며 유유히 등장한다. 침대 위 형석을 보고 흠칫 놀라는 재민. 정해진 동선처럼 라디오 앞으로 가는 형석. 음악 꺼버린다.

재민 뭐하세요.
형석 학교 가지 마.
재민 왜…
형석 문학 수업이잖아. 오전에.
재민 네. 1교시.
형석 (긴장하며) 수업 나랑 하자구.
재민 소설 말고 희곡 배워요.

형석 싫으냐, 나랑은?
재민 아, 아뇨.
형석 희곡도 써봤어. 학교 다닐 때.
재민 (가방 앞으로 가며) 와…
형석 거기 서라.

형석, 가방 챙기려는 재민을 막아선다. 책상 서랍 열고 재민이 쓴 희곡을 손에 든다.

형석 읽었다.

재민을 가만히 응시하다가 낭독하기 시작하는 형석.

형석 한스 말한다. "안녕 제이크."
재민 과제….
형석 (말 가로채며) 제이크 말한다. "안녕하세요, 좆만아?"
재민 수업 과제로….
형석 "제이크, 좆만이 말고 아버지라고 불러주렴."
재민 아버지.
형석 "당신은 아버지 아니야, 좆만이지."
재민 (사이) 죄송해요.
형석 (동시에) 뭐가 죄송해.
재민 그냥.
형석 넌 안 죄송해. 부탁인데 거짓말 하지 마라.
재민 화내지 마세요….
형석 (동시에) 화낸 게 아니야. 그냥 얘기하고 싶은 거야.

재민 무슨 얘기요?

형석 솔직한.

재민 아… 곧 버스 오는 데요.

형석 10분 남았잖아.

재민, 손목시계 확인한다. 정확히 7시 50분을 가리키고 있다. 형석, 침대 위에 앉은 채로 재민에게 의자에 앉으라고 손짓 한다. 재민, 수건 던져 놓고 머쓱하게 앉는다.

형석 애들은 어때.

재민 괜찮아요.

형석 요즘도 시비 거나.

재민 아뇨, 괜찮아요.

형석 네가 거니?

재민 아뇨…

형석 (사이) 죽이고 싶니. 그 애들?

재민 왜…

형석 나는. 나를 죽이고 싶니?

재민 (작게) 수업인가요.

형석 아니 아직. 이건 그냥 내 생각이다. 네 글에 대한 나의 감상. 처음 읽을 때는 사실 너를 그냥… 패고 싶었다. 두 번째 읽었을 때는 정말이지 좆만이가 된 것 같았어. 세 번째 읽었을 때는… 세 번째부터는 기억이 안나. 무슨 마음이었는지.

형석, 팔목의 正자를 보다가, 손바닥으로 얼굴을 감싸고, 고개를 떨어뜨린다. 재민, 의자를 책상 쪽으로 슬쩍 돌리고, 형석의 눈치 보며 가방을 마저 챙긴다. 책과 필통을 넣고 형석을 향해 조심스레 손을 뻗는다.

재민 오늘 제출이에요.

형석 마지막으로 읽고 나서는 슬펐다.

재민 그냥… 그냥 희곡인데요.

형석 그리고 생각했다. 누가 너를 이렇게 만들었을까. 나?

재민 아뇨.

형석 너 자신?

재민 (사이) 저는 괜찮아요.

형석 (페이지를 넘겨 마지막 장을 읽는다.) "아버지, 제가 오늘 사람을 죽였어요. 제이, 애덤, 조이, 한나, 피터, 리사, 사무엘, 제시, 에릭…"

재민 이제 주세요…

형석 "웃기냐? 당신한테는 후장에 박아줄 거야."

재민 그만 좀! (사이) 죄송해요.

형석 그래. 수업을 하자. 주제가 뭐니?

재민 (작게) 없는데요.

형석 주제, 니 메시지. 이 글이 목표하는바 말이야.

재민 없어도 된다고… 된다고 생각해요.

형석 그런 건 혼잣말에 불과하지. 포르노이거나. 포르노가 목표냐?

재민 화내지 마세요.

형석 전혀.

재민 화내고 계세요. 지금 화내고 계세요… 수업 시간에도 다들 화내요. 역겹다, 불쾌하다. 선생님도요. 제 옆에 앉는 여자애는 매번 그래요. "Un Political Correctness"라고요. 저는…

모르겠어요. 생각은 할 수 있는 거잖아요. 상상요.

형석 그건 상상에 그쳤을 때 얘기야.

재민 아무 짓도 안 해요.

형석 너 그 여자애 이름 아니?

재민 예?

형석 네 옆에 앉는 애.

재민 사만다…

형석, 한참 침묵한다. 재민, 슬픔에 잠긴 형석을 의아한 듯 바라보다가, 시계를 확인한다. 형석에게 다가서는 재민, 원고 빼앗으려 한다. 형석은 원고를 사수한다. 재민, 형석의 손을 원고에서 떼어내려 하지만, 형석은 끄떡없다. 침묵 속 실랑이가 둘의 몸싸움으로 번지면서, 원고지가 바닥으로 흩어진다.

재민, 원고를 줍는다. 형석, 원고지 밟은 채로 버티고 선다.

형석 안 돼.

재민 지각해요…

형석 오늘은 안 돼.

재민 오늘 안내면 낙제인데요.

형석 내 말 들어.

재민 대학 가라 하셨잖아요.

형석 다 무슨 소용이냐! (분노 삭히며) 그래, 내가 한 말이야. 하지만 나는 네가… 더 중요한 뭔가를 놓치지 않았으면 좋겠구나. 네 안의 결핍된 무엇. 억압된 무엇. 그걸 직시해야 해. 무슨 말인지 알겠니? 나는, 나는 네가 행복하길 바란다.

재민 제가 문제아라고 생각하세요?

형석 더 큰 문제가 있어. 그걸 얘기해보자는 거야.

재민 왜 지금….

형석 시간이 없다.

재민 (사이) 할 말이 없어요.

형석 매번 숨고, 피하고, 애써보지도 않고!

재민 노력했어요.

형석 뭐를? 뭘 노력했다는 거냐?

재민 나름대로 했어요.

형석 어떻게?

재민 (작게) 상담 받아요.

형석 어떻든?

재민 아직 모르겠어요.

형석 내 말 들어. 스스로를 제한하지 마. 널 괴롭게 하는 모든 것은 인식이야. 넌 변할 수 있어. 네가 생각하는 대로 바뀌는 거야. 네 세상은 네 생각이 바꾼다.

재민 (사이) 똑같은 얘길 하시네요.

형석 뭐?

재민 아뇨, 아니에요… 상담 선생님도 아버지 책을 읽었나 봐요.

재민, 가방 메고 형석을 지나쳐 문 쪽으로 간다. 형석, 재민을 다급히 붙잡는다.

형석 가지 마.

재민 학교 안 가는데.

형석 그럼 어딜?

재민 잘 모르겠어요.
형석 자꾸 왜 이러는 거냐.
재민 왜 이러세요.
형석 나한테 말해, 제발…
재민 뭘요?
형석 총 어디 있어?

형석, 재민을 뚫어지게 노려본다. 재민, 긴장과 혼란이 뒤섞인 채로 입을 닫고 있다.

형석 다 알아.
재민 (사이) 뭘 아세요?
형석 너 무슨 생각하는지.
재민 아, 아…

형석 손 뿌리치고 방을 나가려는 재민. 되돌아와 형석 앞에 서서 주저하다가

재민 그러니까 소설을 좆같이 쓰지.

재민, 그대로 방을 뛰쳐나가면서 방문을 거세게 닫는다.

2장

우두커니 서 있는 형석. 이전의 음산하고 어둑한 조명으로 서서히

전환된다. 문 앞으로 가서 문고리를 슬쩍 돌려보는 형석. 문은 굳게 잠겨 있다. 형석, 멍하니 서 있다가 근처에 놓인 록 스타 등신대와 눈 마주친다. 등신대는 형석을 놀리는 것처럼 우스운 자세를 취하고 있다. 형석, 등신대에 달려든다. 욕지거리를 뱉으며 목과 팔목을 부숴버린다.

의자에 힘없이 걸터앉는 형석. 바닥의 원고를 보다가, 지포라이터를 꺼내 쥔다. 라이터를 세게 쥔 주먹이 떨린다. 라이터 뚜껑을 젖히고 방안을 둘러본다. 호흡이 가빠진다. 울음을 삼키는 것 같으면서도, 당장에 불 지를 것처럼 분노에 차 있는 숨이다. 그가 자리에서 일어나는 순간, 라디오 치직거리며 켜진다. 곧 테이프 뒤로 감기는 소리 들린다.

테이프 감는 소리 끝나자, 앵커 목소리 들린다. "속보입니다. 웨스트버지니아 주의 레이건 고등학교…" 형석, 빠르게 라이터 뚜껑 닫는다. 동시에 라디오 소리 멎는다. 흩어진 원고 위에 무릎 꿇는 형석. 고개 숙인 채, 기도하는 자세로 한참 마음을 억누른다.

형석, 공허한 얼굴로 다시 책상 앞에 앉는다. 품에서 종이를 꺼내 몇 문장을 적어내리기 시작한다. 이전 대화를 복기하는 메모다. 다 쓰고 난 후 소리 내어 읽어본다.

형석 "소설 말고 희곡 배워요." "싫냐, 나랑은?" "아뇨." "희곡도 써봤어. 학교 다닐 때." (사이) 참아야 돼. 이성적으로. 여기서 이론으로… 이론으로…

형석, 책장 앞에 선다. 레이조스 에그리의 『희곡 작법』 꺼내 든다. 자신이 재민에게 줬던 책이다. 읽은 흔적이 없는 새 책 같다. 형석, 훑어보다 도로 꽂는다. 히라타 오리자의 『연극 입문』 꺼내 든다. 재민이 밑줄 친 흔적을 따라가며 조용히 읊어보는 형석.

형석 "이제는 전달해야하는 주의나 주장이 없다는 것이다. 하지만 전달하고 싶은 것이 없다 하여도 나의 내면에는 끊임없이 넘쳐흐르는 표현의 욕구가 있다."[1)]

형석, 생각에 잠기다 책 덮는다. 방을 치우기 시작한다. 흩어진 원고를 서랍에 넣어두고, 구석에 있는 수건과 이부자리를 정리하고 침대에 앉는다. 그러나 조명에 아무런 변화 없다. 형석, 작게 탄식하며 서랍에서 박스테이프를 꺼낸다. 쓰러진 등신대의 목과 팔을 테이프로 수리해주다가, 손에 들린 기타를 본다. 책장 옆에 세워둔 통기타를 돌아본다.

형석 표현의 욕구가 있다. 표현의 욕구가.

조명 서서히 형광등처럼 밝게 변한다. 적막 속에 라디오 치직거리며 주파수 찾는다.

라디오에서 Collective Soul의 "Shine" 재생된다. 형석, 팔목에 正자 표시하다가 팔목을 죽 훑는다. 완성된 正자 뿐이다. 개수를 헤아려 본다. 총 스무 개다. 문 밖에서 덜컥 화장실 문 열리는 소리, 저벅거리는 발소리 들린다. 라디오 앞으로 가서 음악 꺼버리는 형석. 통기타

---

1) 히라타 오리자 저, 고정은 옮김, 『연극 입문』(2005) 38페이지 참고

껴안은 채로 방 한 가운데 앉아서 양손을 허겁지겁 흔들며 푼다.

방문이 열리고, 재민이 수건으로 젖은 머리를 털며 유유히 등장한다. 형석과 재민이 눈 마주친다. 재민, 당황한다. 아랑곳 하지 않고 연주 시작하는 형석.

형석 (더듬거리며) 유 아 마이 썬샤인.
마이 온리 썬샤인. 유 메이크 미 해피.
웬 스카이 아 그레이…

재민, 형석이 연주에 집중하는 동안 눈치 못 채게, 조용히 문을 닫고 나가려 한다.

형석 (연주 멈추고) 어디가!

재민 바쁘신 것 같아서.

형석 들어와.

재민, 쭈뼛거리며 들어온다. 형석과 멀찌감치 떨어진 침대 가장자리에 앉는다.

재민 아침인데.

형석 지각 아니잖아.

재민 술 드신 것 같아서…

형석 제 정신이다. (사이) 노래 기억 안나? 네가 기타 알려 달라 해서 내가 처음.

재민 (말 자르고 일어서며) 저… 준비해야 되는데.

형석, 기타를 내팽개친다. 가방 챙기려는 재민의 뒷모습을 가만히 본다.

형석 학교 가지마.
재민 예? 왜…
형석 오전에 문학 수업이잖아. 나랑 해.
재민 (사이) 소설 말고 희곡…
형석 (말 자르며) 난 소설은 좆같이 쓰는데 희곡은 곧잘 썼다.

형석, 책장으로 간다. 책등을 훑어보는 척 하다가 『희곡 작법』꺼내든다. 재민은 형석의 이런 태도가 난처하다. 불안정한 시선으로 형석을 흘긋흘긋 바라본다.

형석 내가 준 거지. 읽었니?
재민 아… 네.
형석 정말 읽었니? 새 책이던데.
재민 눈으로 읽었어요.
형석 수업 때는 뭘 읽니.
재민 각자 써온 거 합평해요.
형석 넌 뭘 썼니.
재민 전 아직.
형석 써둔 게 없어?
재민 예.
형석 없다고? (사이) 왜?
재민 그냥…
형석 뭐가 문제냐. 플롯? 캐릭터라이징?

재민 (고민하다가) 주제…

형석 (사이) 그런 건 없어도 돼.

재민 캐릭터…

형석 캐릭터.

형석, 『희곡 작법』 '인물'과 관련된 2부를 펼친다. 67쪽부터 두 페이지를 눈으로 읽는다. 재민, 허벅다리를 긁적이고 있다가 침대에 걸터앉는다. 형석이 책을 쳐든다.

형석 "모든 사물은 세 차원을 갖고 있다."[2] 뭐냐?

재민 (사이) 점, 선, 면…

형석 "깊이, 높이, 넓이. 인간은 이에 대해 또 다른 세 가지 차원을 가진다." 뭐냐?

재민 버스… 곧 올 것 같은데요.

형석 10분 남았어.

재민, 손목시계 보고 놀란다. 시계는 정확히 7시 50분을 가리키고 있다. 형석, 손가락을 딱, 딱 부딪히며 자신에게 집중하라고 눈치를 준다. 재민, 마지못해 바라본다.

형석 세 가지 차원. 뭘 말하나?

재민 (고민하다가) 두려움…

형석 "생리적 차원, 사회적 차원, 심리적 차원." "한 인간을 연구할 때 그가 난폭하냐 정중하냐, 혹은 신앙이 있느냐 없느냐, 도덕적이냐 방탕하냐 따위에 대해 아는 것만으로는 충분치 않

---

2) 레이조스 에그리 저, 김선 옮김, 『희곡작법』 68페이지 참고

다." "우리는 그가 왜," (재민이 일어나려는 걸 막으며) 이 말 중요한 것 같구나. "왜 그런 인물이 되었는가를 알아야 한다."

재민 가방 챙기려구요.

형석 왜 가방을 챙기려 하지?

재민 지각할까봐.

형석 왜 가려는 거지?

재민 대학 가라 하셨잖아요.

형석 (사이) 필요 없어. 난 네가, 네가 그냥… 나한테 얘기해줬으면 좋겠다. 너는 왜, 왜 이렇게 됐지? 내 말은… 문학적 캐릭터로서 말이야.

재민 (사이) 잘 모르겠네요.

형석 어려우면 네 머릿속 다른 인물을 생각해봐. 다른 이름 붙여서. 그냥, 그냥 떠올려. 더 고민하지 말고… 이름이 뭐지?

재민 (마지못해) 제이크.

형석 (사이, 고개 끄덕이며) 제이크. 가족이 있나?

재민 어머니, 아버지.

형석 제이크는 몇 살이지?

재민 열여덟…

형석 부모님은 뭐하는 사람인가.

재민 시인… 아버지가요.

형석 어머니는.

재민 죽었어요.

형석 왜. 제이크가 죽였나?

재민 아… 아버지가요.

형석 왜?

재민 그냥… 그렇게 떠올라요.

형석 아버지를 죽이고 싶나?

재민 아뇨.

형석 너 말고 제이크가.

재민 네, 아니, 아뇨. 모르겠어요.

형석 그럼 아버지를 어떻게 생각하지? (재민이 대답 않자) 어떻게 기억하지? (계속 대답 없자) 예를 들어 나는… 너에 대한 기억이야. 한국 살 때, 네가 다섯 살 때 너희 외할머니 댁에 장롱이 있었지. 기억나?

재민 (사이) 아뇨.

형석 안방에 용 자개 새겨진 장롱. 그게 네 요새였어. 그 앞에 베개로 네가 벽을 전부 쌓아뒀어. 그걸 내가 다 부숴야 돼. 나는 악당이야. 악당인데 총도 내가 다 종이로 접어서 줬다구. 어떻게 접는지 기억나?

재민, 고개 숙인 채 미동도 없다. 형석, 재민에 가까이 다가가 앉는다.

형석 마지막에는 네가 나를 꼭 무찌르며 끝났어. 탕탕탕, 탕탕탕, 윽… 죽은 체 해줘야 돼. 바닥에 자빠져서. 안 죽고 그냥 방에 들어가면 네가 문밖에서 막 울어, 한참을. 문 옆에 쪼그리고 앉아서 엉엉… 나 들으라고. 기억 안나?

재민 (사이) 안 나는데.

형석 내가 죽은 체하면 네가 올라타서…

재민 서울역이요… (사이) 아버지에 대한 기억이요.

형석 그게 몇 살이지?

재민 몇 살이냐고 물어보셨어요. 그때도요.

형석 내가?

재민 공항버스 타기 전에… 설렁탕 먹을 때요. 그때 물어보셨어요.

형석 엄마도 같이 있었니?

재민 아뇨, 엄마는 가고. (사이) 열다섯 살이었어요, 그때.

형석 더 어릴 때는 안 떠올라?

재민 (고민하다가) 장롱 안에 있으면…

형석 응, 그래.

재민 사과 갈아서 줬어요. 엄마가요. (사이) 그 안에 있으면… 가끔 엄마가 안방에 와서. 나 있는 줄 모르고 할머니랑 손 붙잡고 기도를 해요. 조금 있으면 할머니가 먼저 울고요. 엄마가 같이 울어요. (사이) 이게 다예요… 제 기억은.

형석 무슨 기도를 했지?

재민 모르겠어요.

형석 (희곡 넣어둔 서랍 쪽을 노려보고) 정말이냐?

재민 예…

형석 정말 모르는 거냐?

재민 왜 그러세요.

형석 (한숨 크게 쉬고) 아냐. 수업을 하자. 그때 장롱 속에서 무슨 생각이 들었지?

재민 (작게) 하느님이 돼야지.

형석, 재민을 빤히 쳐다본다. 재민, 형석과 눈 마주친다.

형석 지금도 되고 싶나.

재민 아뇨…

형석 너 자신을 뭐로 생각하지. 예수?

재민 진지한 얘기 아니었어요. 어릴 때인데요.

형석 진지하게 다뤄보자. 신이 돼서 뭘 하지. 누군가를 죽이고 싶나?

재민 아뇨. 갑자기 왜…

형석 네가 중요한 말을 뱉었기 때문에.

재민 안 중요한데.

형석 대답해 봐라. 희곡의 3요소가 뭐지? (재민이 대답 없자) 해설, 대사, 지문. 모르는 거야? (계속 대답 않자) 그럼 이 중에 뭐를 공들여야 한다 생각하니.

재민 (사이) 지문.

형석 대사. 모든 말은 욕망을 향해 있어.

재민 말은…

형석 뭐?

재민 말은 의미가 없어요.

형석 아니. 너는 방금도 네 욕망을 드러낸 거야. 답해 봐라. 신이 돼서 뭘 하지. 죽이고 싶나? 아까 같이 읽었잖아. "왜 그런 인물이 되었는가를 알아야 한다." 오해 마라. 우린 지금 제이크를 추적하고 있어. 네 안의 제이크를 좇고 있다고.

재민 제가 제이크인가요.

형석 넌 제이크의 신이지. 그 애를 만들었지.

재민 (사이) 이게 문학 수업인가요.

형석 깊이 있지.

재민 (작게) 취조 같은데.

형석 작가와 작품이 분리될 수 있다고 생각하나?

재민 (사이) 네.

형석 이유는?

재민 저는… 제이크가 아닌데요.

형석 제이크가 아냐? 너 제이크가 아냐? 그래, 인터뷰 해보자. 마음 편히 말해.

재민 뭐를…

형석 총 어디 있냐?

재민 (사이) 무슨 소리세요.

형석 어디에 숨겼니.

재민 없어요.

형석 내 눈 똑바로 봐라. 총 어디 있어.

재민 (사이) 총 없는데…

형석, 성큼 성큼 책상으로 간다. 서랍을 열고 재민이 쓴 희곡을 손에 든다.

재민 그건 그냥…

형석 과제로 이딴 걸 써내?

재민 (사이) 죄송해요.

형석 (원고 던지며) 네가 나를…

재민 화내지 마세요.

형석 지금 무슨 생각하는지 말해.

재민 그냥… 희곡이에요.

형석 아니! 말해라. 부탁이다.

재민 거짓말이에요.

형석 아냐!! 총을 나한테 줘.

재민 없어요.

형석 있어. 어디에 뒀냐.

긴 사이.

재민 차고에요…

형석 개자식!!

재민 부탁받은 거예요.

형석 누구한테.

재민 에릭 파커요. 같은 클래스요.

형석 정말이냐?

재민 예.

형석 정말 그런 거야?

재민 정말로요. 에릭이 저한테….

형석 에릭 파커는 죽었어!!

재민 아버지.

형석 네 손에 죽었어.

재민 제 얘기를…

형석 넌 그 애를 맨 먼저 죽일 거야. 아니, 그전에 선생님을 쏠 거고. 에릭은 그 순간 널 막으러 달려들었어. 넌 그 애 머리를 쐈어. 순식간에. 그리고 창문으로 도망치는 애들을 향해, 한 발씩, 정확히 쐈어. 한 명, 두 명, 세 명, 네 명… 아홉 명… 아홉 명. 그리고 옆옆 반으로 갔어. 옆 반이 아니라 옆옆 반이지?

재민 아무 짓도 안 해요.

형석 그 반에 사만다 존슨이 있지. 그렇지!! (재민이 대꾸하려 하자) 넌 내 말대로 생각하고 있어! 오래 전부터 계획하고 있었으니까. 그렇지?

재민 그걸 무슨 수로 아세요.

형석 다 봤어! 다 읽었단 말이다. 몇 번이고 다시 읽었어. 수십 번, 수 백 번. 네 이름, 그 애들 이름, 나이, 성별, 전부 다…

형석, 다리에 힘 풀려 가구에 기댄다. 재민, 멍하니 서 있다가 흩어진 희곡을 줍는다.

재민 이름이 안 떠올라서 애들 이름 가져다 쓴 거예요.

형석 네 희곡을 얘기하는 게 아니야.

재민 그러면요?

형석 넌 들어도 몰라.

재민 무슨 말씀인지 모르겠어요.

형석 나도 모르겠어. 널 어떻게 대해야 할지.

재민 (희곡을 보며) 저는, 저는 괜찮아요. 우울증 없어요.

형석 그런 게 아니야…

재민 아뇨, 무슨 생각이신지 저도 알아요. 수업시간에도 다들 그래요. 역겹다, 불쾌하다. 선생님도요. 사만다 존슨이란 애요, 그 애는 매번 저더러… 아뇨. 아니에요. 그냥 제 생각은 그래요. 생각은 마음대로 할 수 있는 거잖아요. 상상이요.

형석 넌 총을 샀잖아.

재민 부탁받은 거예요… 정말로요.

형석 더는 거짓말하지 마라.

재민 에릭은 안 죽었어요. 어제도 맥도날드에서 봤어요.

형석 그게 중요한 게 아니야. 에릭이 시켰을 리가 없다는 거야. 너, 차고에 있다는 것도 거짓말이야. 그렇지? 내가 차고에

간 사이 도망치려는 셈이냐?

재민 차고에 뒀어요.

형석 있다 쳐도 문제가 된단 말이야!

재민 에릭이….

형석 네 짓이야!!

재민 (사이) 왜 안 믿으세요?

형석 널 모르겠어, 나는… 그렇게 키운 적 없으니까.

재민, 형석을 응시하다가 책가방을 마저 챙긴다. 희곡 넣으려는데 형석이 빼앗으려 한다. 실랑이 벌이면서 원고지가 바닥에 흩어진다. 재민, 고개 숙인 채 주먹을 쥔다.

재민 오늘까지 제출이에요.

형석 난 너를…

재민 안내면 문학은 낙제에요.

형석 난 너를 사랑한다.

재민 (사이) 갈게요.

형석 이대로 끝나면 안 돼.

재민 놓으세요.

형석 웨스트 버지니아 주의 레이건 고등학교 경찰 책임자는 17일 오전 10시 20분 범인은 한국 국적의 오재민 씨이며 이 학교 3학년에 재학 중인 학생이라고 발표했다.

재민 뭐하는 건데요.

형석을 뿌리치고 나가려는 재민. 형석이 재민의 어깨를 꽉 붙든다. 재민, 벗어나려 한다. 형석은 아랑곳 않고, 뉴스 기사처럼 들리는 말을 절박하게 토해낸다.

형석 오 씨는 권총 두 자루를 소지한 채 9시 30분 본관으로 들어가 무차별 난사해,

형석이 더 세게 붙들고 있자, 재민이 거칠게 뿌리친다. 형석, 다시 붙잡는다.

형석 31명을 숨지게 하고 19명 중상을 입힌 뒤,

재민, 전력으로 형석을 밀쳐 넘어뜨린다. 쓰러져 신음하는 형석.

재민 (멍하니 형석을 보다가) 다녀오겠습니다.

재민, 그대로 뛰쳐나가면서 방문을 거세게 닫는다.

형석, 닫힌 문을 바라보며

형석 스스로 목숨을 끊었다.

3장

형석, 그대로 바닥에 누워 있다. 이전의 음산하고 어둑한 조명으로 서서히 전환된다. 문 앞으로 기어가 문고리 덜컥 돌려보는 형석. 굳게 잠겨 있다. 형석, 문고리에 매달린 채 잡아 뜯으려는 듯이 덜컥

덜컥 돌려댄다. 쾅쾅 두드린다. 한참동안 문 두드리는 소리만 방안에 울린다. 형석, 신음하다가 문을 긁으며 주저앉는다. 붙어 있던 포스터 뜯어진다.

문에서 떨어져 바닥으로 기어가는 형석. 반쯤 넋이 나가 있다. 흩어진 희곡 위에서 지포라이터 꺼내 쥐고 선다. 뚜껑을 젖히고, 불을 붙이려다가 닫아버리지만, 다시 뚜껑을 열고, 눈을 감는다. 흩어진 원고 위에 무너지듯 무릎 꿇어 앉는 형석. 고개를 숙인 채, 기도하는 자세로 원고에 라이터를 갖다 댄다. 그 순간 라디오 치직 거린다. 테이프 뒤로 감는 소리 재생된다. 테이프 감는 소리 끝나자 앵커의 목소리 들린다. 형석, 고개를 쳐든다.

"속보입니다. 웨스트 버지니아주의 레이건 고등학교 경찰 책임자는 오전 10시 20분 기자회견을 통해, 범인은 한국 국적의 오재민 씨이며, 같은 고등학교 3학년에 재학 중인 만 18세 학생이라고 발표했습니다."

형석, 라이터 뚜껑 닫고 던져버린다. 귀를 틀어막는다. 정신없이 방안을 둘러보며, 마치 주문처럼 노랫말을 속삭인다. 앵커의 목소리에 묻혀 들릴 듯 말 듯한 노랫소리.

"경찰에 따르면 오씨는 16일 오전 권총 두 자루를 소지한 채, 8시 30분 본관으로 들어가 무차별 난사해, 학생과 교직원 총 31명을 숨지게 하고 19명에 중상을 입힌 뒤, 검거 직전 스스로 목숨을 끊었습니다. … 오 씨는 범행 직전 자신의 SNS 계정에 셀프 카메라 영상을 남겼습니다. 경찰은 기자회견을 통해 이러한 영상이 이번 수사에 중대한 단서일 수 있다며 이의 가치를 분석하고 평가하는 절차를 진행 중이라고 밝혔습니다."

형석 (뉴스와 동시에) 유 아 마이 썬샤인… 마이 온리 썬샤인… 유 메익 미 해피… 웬 스카이 아 그레이. 유 윌 네버 노우 디어… 하우 머치 아이 러브 유.

곧이어 라디오에서 재민의 목소리 들린다. 발음이 딱딱하고 어눌하다. "Thanks to you. … I die like Jesus Christ… to save all weak and suffering people from tears…"[3] 천천히 라디오 앞으로 가는 형석. 라디오의 정지 버튼을 눌렀다가 뒤로 감기 버튼 누른다. 테이프 감는 소리 후 다시 재민의 목소리 재생된다. "Thanks to you. … I die like Jesus Christ… to save all weak and suffering people from tears…"

형석, 목소리 들으며 콧노래를 부른다. 희곡을 줍기 시작한다. 원고를 페이지 순으로 정리하는 형석. 원고 훑으며 침대 위에 차분히 눕는다. 콧노래 흥얼거리다가

형석 플리즈 돈 테이크 마이 선 샤인 어웨이…

긴 사이. 고개를 돌려 문 근처에 있는 등신대와 눈을 맞춘다.

형석 재밌냐?

등신대 향해 베개를 집어던지는 형석, 우당탕탕 소리를 내며 등신대

---

3) 버지니아 공대 총기 사건 피의자 조승희가 미 NBC 방송에 보낸 비디오 영상을 참고했다.

가 쓰러진다. 헐겁게 붙여둔 테이프 떨어지면서, 등신대의 목이 다시 부러진다. 형석, 맥없이 웃는다.

형석 지겹지?

긴 사이. 형석, 등신대에 다가간다. 등신대 일으켜 세우며 능청스레 말 건넨다.

형석 이봐요. 말해 봐. 내가 뭘 잘못하고 있나. (테이프 주워서 목에 감아준다.) 어떻게 생각하니. 응? 이쯤이면 알려줘도 되잖아. (사방을 둘러보며) 이쯤이면 알려줘도 되잖아. (천장을 향해 고개 치켜들고) 응… 응? 야아아아아악!!

긴 사이. 형석, 원고 집어 들고, 공중에 흔들어 보인다.

형석 보세요.

책상 서랍을 거칠게 열고, 원고를 넣고, 쾅 닫는다. 시선은 계속 공중을 노려본다.

형석 뭘 했는지 보세요.

빠르게 방을 치우기 시작하는 형석. 이부자리를 정리하고, 떨어진 포스터를 바로 붙이고, 등신대 원위치 시킨다. 등신대 제자리에 서자, 조명 서서히 형광등처럼 밝게 변한다.

형석 작 오재민!

적막 속에 라디오 치직거리며 주파수 찾는다. 라디오에서 Collective Soul의 "Shine" 재생된다. 문밖에서 덜컥 화장실 문 열리는 소리, 저벅거리는 발소리 들린다.

형석 배우 오형석, 오재민.

방문이 열리고, 재민이 수건으로 젖은 머리를 털며 유유히 등장한다. 형석을 보고 흠칫 놀라는 재민. 형석은 자리에 멀뚱히 선 채로 꿈쩍않는다. 이전의 긴장했던 태도와는 달리 어딘가 초연해보이면서도, 벼랑 끝에 다가선 모습이다.

재민 뭐하세…
형석 제목이 뭐냐.
재민 예?
형석 제목.
재민 (사이) 샤인…
형석 뭐?
재민 (포스터 가리키며) 저거요.

재민, 책가방 챙긴다. 희곡을 꺼내 가방에 넣는다. 포스터를 살펴보던 형석, 재민에게 눈 돌린다. 재민, 시선 의식하고 가방을 들쳐 맨다. 책장으로 가 라디오 끈다.

재민 다녀오겠습니다.

형석 네가 쓴 거. 제목이 뭐냐.

재민 쓴 거요?

형석 희곡. 과제로 내려는 거 말이야.

재민 (당황하며) 보셨어요?

형석 제목을 못 봤어.

재민 아직…

형석 무제야? 붙이고 내야지.

재민 지, 지금요?

형석 제목이 반은 먹고 들어간다고.

재민 가면서… 생각해볼게요.

형석 (사이) 그래.

재민 다녀오겠습니다.

형석 퇴고는 했나?

재민 퇴고… 잘 안 해서요.

형석 너 계속 애들한테 욕만 얻어먹을래? 작가적 자존심이 없어?

재민 어떻게 아세요?

형석 뭐를.

재민 욕먹는지.

형석 걔들이… 뭘 알고 말하겠어. 작가가 되려면 학교를 똥 취급해야 해.

재민 (사이) 다녀오겠습니다.

형석 (다급하게) 뭔가 더 있지 않을까 생각했다.

재민 예?

형석 네 작품에.

재민 아니요. (작게) 그게 다인데.

형석 봐야지… 봐야 알지.

재민 보셨잖아요.

형석 (사이) 희곡은 상연이 목적이야. 너, 화술은 좋았어. 대사력 말이야. 그런데 대사는, 말은… 의미가 없으니까… 말은 의미가 없어. 그러니까 해보자고.

재민 (사이) 지금요?

형석 그래.

재민 (사이) 아버지랑 제가요?

형석 그것도 둘 나오니까.

재민 셋인데…

형석 아, 그래. 메리가 나오는 구나.

재민 (사이) 화 안 나세요?

형석 그냥 희곡이잖아.

재민, 주춤거리다가 책가방에서 희곡 꺼낸다. 가만히 들고 서 있다.

형석 제이크, 한스, 메리. 맞지?

재민 예.

형석 캐스팅 해봐…

재민 예?

형석 캐스팅.

재민 학교는요?

형석 학교에서 이런 거 안 하잖아.

재민 오늘까지 안내면…

형석 나도 고등학교 때 문학은 낙제였어.

재민 (사이) 저… 제이크.

형석 내가 한스. 메리는 대사 없잖아.

재민 그럼 메리는…

형석 (등신대 가리키며) 쟤로 해… 쟤는 뭐하는 애니?

재민 기타리스트요. 아까 그 노래 부른 밴드.

형석 그래. 무대는 여기고… 소품은.

재민 소품…

형석 가서 가져와.

재민 (놀라며) 뭘요?

형석 (사이) 차고에 없어?

재민 뭐가요?

형석 아냐, 됐다… 남는 종이 없니?

재민 (원고의 표지를 건네준다.) 여기요.

형석 표지잖아.

재민 제목… 붙여서 다시 뽑게요.

형석, 바닥에 털썩 앉는다. 종이를 절반으로 가른다. 총을 접기 시작한다. 재민은 내려다보고만 있다. 형석은 말없이 종이접기에 몰두한다. 재민, 손목시계를 확인한다.

재민 버스…

형석 가든지 말든지 맘대로 해.

재민 버스 갔어요.

형석 잘 됐네.

긴 정적이 흐른다. 형석이 총 만드는 사이, 재민은 희곡을 훑어보기 시작한다.

재민 그냥… 읽어요?

형석 감정 실어서.

재민 (사이) 연기해본 적 없는데.

형석 작가는… 전부 할 줄 알아야 해. 셰익스피어도 지가 쓰고… 연출하고… 연기도 다 하고… 다른 작가들도 전부 마찬가지야. 학교에서 안 배웠어?

재민 처음 들어요.

형석 대체 뭘 가르치는 거야.

재민 (다시 시계 보며) 꼭… 연기도 해야 해요?

형석 마음대로 하라니까.

재민 모르겠어요.

형석 왜. 읽기가 겁나?

재민 아뇨… 연기하는 게요.

형석 그냥 말해. (사이) 뱉어, 네가 쓴 대로.

재민 어떻게요.

형석 네가 제이크가 되었다 생각하고. 그 뭐야… 메소드 액팅 몰라?

재민 알아요.

형석 몰입해서… (사이) 제이크를… 서로 연결되어 있다 생각하자고. 탯줄처럼.

재민 (사이) 어렵네요.

다시 긴 정적이 흐른다. 총을 절반 정도 완성한 형석, 고개 숙인 재민을 보며

형석 나 대학 다닐 때… 시 가르치던 교수가 그랬어. 감정은 파동

이다. 서로가 서로에 간섭하는… 주파수 비슷한 거다. 그럼 생각해봐. 제이크의 주파수는 뭐지.

재민 어떻게 말해야 되죠?

형석 한 단어로.

재민 (사이) 분노…

형석 이제 그 파동을 공유하는 거지.

재민 (사이) 어떻게요?

형석 분노. 너를 화나게 하는 사람이 누구냐. 제이크 말고 너를… 혹시 나냐?

재민 아, 아뇨.

형석 솔직하게 말해도 돼.

재민 (사이) 가끔은요… 근데 아니에요.

형석 그럼 누구냐. (재민이 대답 않자) 있겠지. 아무튼 그 자식이…

재민 에릭.

형석 누구?

재민 에릭 파커.

형석, 동작을 멈춘다. 재민을 보다가, 복잡한 표정 거두고 다시 종이 접기 계속 한다.

형석 에릭…

재민 같은 클래스요.

형석 (완성되어가는 총 살피며) 여기서 뭐더라.

재민 그걸 안으로 넣어요. (손짓하며) 아니요. 그 쪽으로.

형석 (놀라서) 모른다며.

재민 뭘요?

형석 아냐. (완성된 총을 겨누며) 에릭, 에릭이… 너를 해코지하는 걸 상상해봐.

재민 그리고요?

형석 어떤 장면이 그려지나.

재민 (사이) 계단 오를 때면 어깨를 쳐요.

형석 (사이) 그런 거 말고. 좀 더…

재민 점심 먹을 때도요.

형석 좀 더…

재민 버스에서도요.

형석 그래… 됐어. 그걸로 충분해.

재민 (사이) 에릭은 여자 친구가 있어요. 잘 나가는 여자애요.

형석 (작게 웃음 터지며) 너는 그게… 해코지냐.

재민 그 여자애가 1학년이랑 바람을 폈서요. 에릭이 그 자식을 죽여 버린댔어요.

형석 (재민을 바라보며) 그래서.

재민 핸드 건 두 자루를 구해오라 했어요. 오늘까지요. 그 날 저한테 그랬어요. "못하면 또 처박힐 줄 알아, 좆만아." 그 날도 제 어깨를 쳤어요.

형석 사실이야?

재민 (사이) 믿으세요?

긴 사이. 혼란스러운 형석, 재민과 눈을 맞춘다. 재민, 무표정하게 형석을 응시한다.

형석 (총 건네며) 제이크.

재민 예?

형석 그때 제이크로 하고 싶은 말을 해.

재민 어떤 말…

형석 욕이든 뭐든 좋아.

긴 사이.

재민 오늘도 내 어깨 치면…

형석 그래.

재민 쏴죽일 거야.

재민, 목소리 가늘게 떨린다. 형석, 고개 숙인 채 감정을 한참 억누르고

형석 지금을 기억해.

형석, 희곡을 손에 들고 방 가운데에 선다. 재민, 가방에서 공책 한 권 꺼낸다.

형석 한 부 더 없어?

재민 (공책 펼치며) 여기에 썼어요.

형석 시작해.

재민 (사이) 그런데 마지막에…

형석 마지막 뭐…

재민 제가 어디로 가요?

형석 (마지막 장 넘겨 읽으며) “최후의 일격을 가하는 제이크. 피를 토하며 한스 죽는다. 제이크, 총을 들고 하늘로 승천한다.” 끝… 뭐가 문제지?

재민 하늘이요.

형석 올라가.

재민 (사이) 어떻게요?

형석 점프하던지… 그 순간 네가 원하는 곳으로. 마음 가는 대로 움직여 봐.

형석과 재민, 중앙에 나란히 선다. 정면을 응시하는 두 사람. 각자의 원고를 들고 가만히 숨을 고른다. 형석의 눈치를 살피는 재민. 형석은 미동도 없다.

재민 해요?

형석 제이크, 방에 들어오자 한스가 제이크에게 인사한다. "안녕, 제이크."

재민 "안녕, 좆만아…"

형석 "제이크, 좆만이 말고 아버지라 불러주렴."

재민 "당신은 아버지 아니야. 좆만이지…"

형석 "나한테 왜 이러는지 모르겠구나."

재민 "그건 네가 자지로…"

형석 (극에서 빠져나와) 여기서 제이크는 말 흘리지 않고 있구나.

재민 아… "네가 자지로 귓구멍을 막고 있기 때문이야."

형석 "이리 와서 앉아. 남자 대 남자로 얘기해보자."

재민 "남자 대 남자?"

형석 "그래."

재민 "학교에서 재밌는 얘기를 들었어."

형석 "나한테도 말해주렴."

재민 "상담 해주는 할망구 년이 나한테 말했어. 아버지의 양육 태도가 자녀의 사회성을 결정한다고. 그래서 내가 대답했지. 우리 아버지는 자지가 없다구요."

형석 (빠져나와) 여기 마지막에는 느낌표로 써져 있다.

재민 아… (주저하다가) "우리 아버지는… 자지가 없다구요!"

형석 느낌표가 두 개야.

재민 (더 크게) "우리 아버지는 자지가 없다구요!!"

형석 (사이) "그 선생이 뭐라 그랬니?"

재민 "내가 이렇게 말하면 네가 슬퍼할 거라 했어."

형석 "그렇지. 나는 지금 슬프단다."

재민 "아니. 네 얼굴은 항상 거짓말을 하지. 그렇게 사람 좋은 낯짝을 하고 있는 걸 보면 토가 나와. 어디 문대버리고 싶단 말이야. 곧 그럴지도 몰라."

형석 "원하는 게 뭐냐."

재민 "그 할망구 년 책꽂이에 네 책이 꽂혀 있어."

형석 "좋은 선생님이구나."

형석 "가서 그 년한테 말해. 그 책들은 처음부터 끝까지 거짓말입니다. 나는요, 지금도 당신 가슴 주무를 생각뿐이에요."

형석 "나는 변태가 아니다."

재민 "너는 변태에 파시스트야."

형석 "너는 아직 덜 떨어져서 내 세계를 모른단다."

재민 "넌 신이 아니야. 좆같은 거짓말쟁이지."

형석 "거짓말한 적 없다."

재민 "네 인생 자체가 거짓말이지. 메리가 교수직을 포기할 때도, 직장을 그만 두고 식당에서 걸레질할 때도, 너는 스무 살 어린 캄보디아 여자애랑 붙어먹었잖아."

형석 "그런 기억 없다."

재민 “한 손은 그 애를 열심히 주무르면서, 다른 손으로, 이 땅에 평화를!”

형석 “잘도 그런 말을 지껄이는구나.”

재민 “이 땅에 평화를!”

형석 여기서… (재민에 다가서며) 한스가… 제이크를 팬다.

형석, 재민의 따귀를 날린다. 재민이 볼을 부여잡는다. 고개 떨어뜨리는 재민.

재민 죄송해요.

형석 죄송하단 대사는 없구나.

재민 화나셨잖아요.

형석 (무시하고 계속 낭독하며) “지린내가 난다.”

재민 그만하세요.

형석 “어디서 지린내가 난다고.” (재민을 보며) “지린내가 난다고.”

재민 (사이) “메리가 왔어…”

형석 잠깐. (등신대 가리키며) 저거 가져오면서 다시하자.

재민 (등신대를 질질 끌고 온다.) “메리가 왔어.”

형석 “제이크, 네 엄마를 이름으로 부르지 마렴. 안녕, 여보?”

재민 “메리는 이름으로 부르는 걸 좋아해.”

형석 “여보, 왜 대답이 없지?”

재민 “네가 혀를 잘랐잖아. 건들지 마. 넌 또 목을 졸라서 죽일 거야.”

형석 “아들아, 나는 자른 적도 조른 적도 없단다.”

재민 “네 짓이야.”

형석 “나는 네 엄마를 사랑해.”

재민 “메리가 말했어.”

형석 “뭐라고?”

재민 “하느님 아버지 이번 달 생활비를 주세요. 그게 아니라면 제 신경통을 낫게 하세요. 팔이 너무 아픕니다. 저는 걸레질을 해야 하는데요.”

형석 (사이) “또 무슨 말을 했지?”

재민 “아버지 그이를 미망에서 벗어나게 하시고 이번 달 생활비를 주세요. 팔이 아파요.”

형석 (사이) “다른 말은.”

재민 “하느님 아버지 그이로부터 우리를 구원하세요.”

형석 “다른 말.”

재민 “하느님 아버지 그이도 구원하세요.”

형석 “메리, 네가 직접 말해봐.”

재민 “건들지 마.”

형석 (등신대를 자빠뜨리며) “어디 한 번 말해 보라고.” 여기서 한스, 메리에게 달려들어 목을 조른다.

형석, 쓰러진 등신대 위에 올라타 목을 조르는 시늉을 한다.

형석 발버둥치는 메리.

테이프로 붙여둔 목이 다시 부러져 덜렁거린다.

형석 잠시 후… 메리는 숨이 멎는다. (그대로 엎드리며) 한스, 죽은 메리 위에 엎어져 아랫도리를 마구 흔든다.

형석, 등신대 위에 엎어져, 아랫도리를 마구 흔든다. 숨죽여 지켜보는 재민.

형석 "이 땅에 평화를!"
재민 아버지.
형석 한스, 오른손을 흔들며… "이 땅에 평화를!"
재민 이제 그만.
형석 제이크, 한스에게 총을 겨눈다.
재민 하기 싫어요.
형석 한스에게 총을 겨눈다.
재민 안 할래요.
형석 부탁이다.

긴 사이.

재민, 하는 수 없이 종이 총을 형석에게 겨눈다. 목소리가 떨린다.

재민 "그거야."
형석 "이 땅에 평화를!"
재민 "그래야 네 본성이지."
형석 "제이크, 내가 어떤 노력을 했는지 너도 지켜봤잖니. 매일마다 지구 반대편 사는 애들한테 편지를 세 통씩 받았단다. 감사하다고 말이야. 너도 전부 읽었잖니. 검은 전쟁이 베스트셀러, 빈곤 없는 세상을 꿈꿔라가 어린이 필독서란다."
재민 "좆까. 역겨운 파시스트야."
형석 "제이크, 너는 내 인생의 오점이다."

재민 (사이) “그래, 네 인생을 작살내러 왔어.”

형석 “엄마는 널더러 햇살 같다 했지.”

형석, 덜렁거리는 등신대의 목을 마저 부숴놓고, 더 거칠게 아랫도리를 흔든다.

재민 (가만히 바라보다가) “선물을 줄게요.”

형석 (멈추고 올려다보며) “뭐라고?”

재민 “아버지, 제가 오늘 사람을 죽였어요. 같은 반 애들이요. 보세요, 들어보세요. 제이, 애덤, 조이, 한나, 피터, 리사, 사무엘, 제시, 에릭, 걔들이 전부 내 발밑을 기면서 꿈틀 댔어요… 그래서 내가 등에 전부 총알을 박아줬어요.”

형석 한스, 웃는다.

형석, 재민을 올려다본 채로 웃는다.

재민 “웃기냐?”

재민, 형석의 머리에 겨누던 총구를 형석의 허벅다리로 옮긴다.

재민 “당신한테는 후장에 박아줄 거야.”

형석 “악마 같은 놈.”

재민 “메리는 나한테 기도했어. 그가 나를 죽게 하지 마세요. 우리를 살게 하세요. 제이크는 살게 하세요. 햇살 같은 내 아들. 그이를 닮아 책을 읽어요.”

형석 “그래서 내가 널 데리고 왔잖니? 매일 시간을 쪼개서 너와 저녁을 먹었어. 기억나. 열여섯 살 때, 학교는 어떠냐고 물었더니 네가 점심이 맛있다고 했어. 또 기억나. 문학 수업이 재미있다고 했어. 그때 내가 그랬지. '누구 아들인지!' 그 뒤로 나는 항상 가르쳤어. 선한 힘을 가져라. 그 힘을 주고받고 나눠라. 내 아들. 태양이 돼라. 이런 내가 무슨 죄냐? 제이크, 난 죄가 없단다. 죄가 없단 말이야."

재민 "난 기억해."

형석 "난 죄가 없어."

재민 "넌 기억하지 않아."

긴 사이.

형석 "넌 괴물이야."

긴 사이.

형석 제이크, 한스에게 총을 난사한다. 최후의 일격을 가하는 제이크.

재민, 총을 겨눈 채로 서 있다.

형석 제이크, 한스에게 총을 난사한다. 탕탕탕, 최후의 일격을 가하는 제이크!

재민, 손에 힘을 빼지만 여전히 형석을 조준하고 있다.

형석 탕탕탕, 최후의 일격을 가하는 제이크! 최후의 일격을 가하는 제이크!!

긴 사이.

재민, 나지막이

재민 탕.

슬며시 미소 짓는 형석, 재민을 바라보며 장난스럽게 죽은 체한다.

형석 윽…

긴 사이.

형석 기억나?

형석을 바라보던 재민, 등 돌려 정신없이 방문 밖으로 뛰쳐나간다.

천장을 보고 드러누운 형석. 방문 너머로 등을 픽 부딪쳐 기대는 소리가 들린다. 재민이 코를 먹는다. 문 뒤로 조그맣게 들리는 울음소리. 형석, 문을 향해 속삭인다.

형석 재민아.

형광등 빛 점차 옅어지며, 이전의 음산하고 어둑한 조명으로 서서히 전환된다. 형석, 몸을 일으켜 바로 앉는다. 문밖의 울음소리 점점 커진다. 숨죽여 흐느끼던 소리가 어린 아이처럼 변해 간다. 형석, 문 앞으로 가 문고리 돌린다. 쇳소리 내며 문고리 돌아간다.

천천히 문이 열린다. 문틈 사이로 빛 새어든다.

-막-

먹감나무 아래 있는 집

김성진

때

1985년, 9월 22일

곳

서울시 의정부 안골 폭포 위, 언덕 아래 작은 공터

나오는 분들

남　자 (47세, 남자)
숙　녀 (33세, 여자)
아저씨 (40세, 남자)
아　이 (13세, 남자)
아버지 (35세, 남자)

무대

산언덕, 평평한 공터. 공터 한 가운데는 오랜 세월을 견뎌 온 것처럼 보이는 커다랗고 굵직한 먹감나무가 보인다. 오래된 탓인지, 먹감나무인 탓인지 나무줄기는 새까맣게 때 묻은 결들이 가득하다. 먹감나무에서 약간 떨어진 곳에는 자그마한 무덤이 하나 놓여있다. 벌초를 한지 오래 된 듯 무덤에는 잡초가 무성하다. 한쪽으로는 산 아래로 내려가는 길이 보이고 그 주변에는 마른 낙엽들이 가득하다. 사람의 발길이 많지 않은 탓인지 길이 제대로 나있지 않고 여기저기 울퉁불퉁 튀어나온 길이다. 잔잔한 폭포소리가 들려온다.
전체적으로 외롭고 쓸쓸한 분위기이다.

막이 오르면, 폭포소리가 천천히 잦아들고
깜깜한 어둠 속에서 주파수를 잡는 라디오 소리가 들린다.
작고 천천히. 라디오의 소리는 매우 불안정하다.

라디오 …찌직 … 찌직 … 지난 금요일 9월 20일은 역사적인 날의 시작이였습니다. 6·25전쟁으로…찌직 … 찌직 … 인한 남북한 동족상잔의 비극은 이로써 그 상처가 약간은 아물게… 찌직 … 찌직 … 되는 것일까요. 쌍방으로 교류되는 고향방문단 151인은 …찌직 … 찌직 … 지난 금요일 판문점 앞에서 서로의 선을 넘었습니다.

라디오 소리와 함께 어둠이 서서히 밝아지기 시작한다.
불이 밝으면 무대는 한여름, 매미 소리가 널리 울려 퍼지고,
햇빛이 먹감나무를 강하게 때린다.
먹감나무 아래 낮은 가지 위, 아이(13세, 남)가 앉아있고, 추레한 옷가지를 걸치고 있는 아이의 손에는 낡은 라디오 하나 들려있다. 아이는 낡은 라디오가 잘 나오지 않는 듯 연신 주파수를 맞추고 있다. 나무 앞으로는 숙녀(33세, 여)가 산 아래로 내려가는 길을 쳐다보고 있다. 아이와 숙녀 모두 누군가를 기다리는 듯하다.

라디오 북측 고향방문단은…찌직 … 찌직 … 22일 오늘 저녁 서울의 중앙국립극장에서 예술 공연을 가진 뒤 23일 판문점에서 다시 상호 교환될 예정입니다. …찌직 … 찌직 … 이는 53년 7월 27일 남북한 휴전 협정 이후 32년 만에 처음 있는 이산가족 상봉입니다. 물론 이 만남이 영원한 것은 아니지만 앞으로… 찌직… 찌직….

주파수가 바뀌는 듯 이내 라디오에서는 평온한 음악으로 바뀐다.

아 이 (라디오를 보며) 어, 됐다! 됐다!

라디오의 음악은 곧 무대 전체를 감싼다.

아 이 수염 난 아저씨말이야. 오늘도 올까?
숙 녀 글쎄. 넌 참 쓸 데 없는 사람 기다린다.
아 이 엄만?

사이.

아 이 언제라도 오면 큰일날까봐 내가 감시 중이야.
숙 녀 와서 또 허튼 짓하면 어떡하지?
아 이 그럼 내가 혼쭐내줘야지.
숙 녀 네가? 뭘로?
아 이 (눈을 끔뻑거리는) …그러게. 나무를 베어간다 그랬잖아.
숙 녀 ….
아 이 (사이) 나무가 없어지면 안 되잖아. 이것도 없으면 어떡해.
숙 녀 바라야지. 누군가 해결해주길. 근데 나무 베어가는 건 요즘 불법 아니라니?
아 이 나한테 물어보는 건가. 여튼 우리 걸 마음대로 베어가는 거잖아.
숙 녀 …이제 이 나무는 우리 것이 아니야.
아 이 몰라 내 거라고 하면 내 거야.

한참 뜸들이던 숙녀는 다시 산 아래를 내려다본다.
라디오는 다시 주파수를 잃은 듯 찌직거리고
음악이 끊기는 듯하다.
아이는 불쾌한 표정으로 다시 라디오 주파수를 맞춰본다.

라디오 …기자 신분으로 넘어온 고향방문단 대표 1명이 …찌직… 찌직 … 현재까지 종적을 알 수 없다는 소식입니다. 그는 돌아와야 합니다. 어떤 이유인지 모르지만…찌직 … 찌직 … 그에게는 …찌직 … 찌직 … 나라가 더 우선되어야 할 것입 …찌직 … 찌직 … 현재로썬 그를 간첩이라고 판단 할 수도 있다는 우리 정부는 그에게 간첩보다 높은 수준의 현상금으로 현재 수배….

라디오를 세게 내려치는 아이. 라디오가 꺼진다.
라디오를 내려치는 소리에 놀라는 숙녀.

아 이 (화를 내며) 아이 씨. 또 고장이네.
숙 녀 넌 엄마가 항상 기계를 그렇게 다루는 거 아니라니까.
아 이 몰라 -.

가지에서 내려오는 아이. 라디오를 바깥쪽으로 획 던진다.

숙 녀 (놀라는) 얘!
아 이 고장 난 라디오 가지고 있어봤자 뭐해.

사이, 심통이 난 표정의 아이.

아 이 (엄마를 돌아보며) 오겠지?

숙 녀 …오는데 시간이 오래 걸릴 뿐이야. 돌아올 곳은 여기뿐인 걸. (사이) 으이그 맨날 티격태격하더니 그래도 못 보니 보고 싶지?

아 이 아니.

숙 녀 엄마가 나물 캐러 가면 니들 맨날 티격태격 했잖아. 하루는 네 얼굴에 이만한 멍이 들어서는… 얼마나 놀랬는지.

아 이 짜식이 형한테 주먹이나 날리고 말이야. 키만 크면 단가.

숙 녀 동생이 형 무시하면 못쓰지. 자기보다 키가 작아도 형은 형이야.

아 이 맞아! 엄마 난 왜 이렇게 난쟁일까.

숙 녀 … 미안해.

아 이 괜찮아. 엄마 탓이 아닌 걸.

숙 녀 네가 조산되고 동생도 그럴까 어찌나 걱정했던지.

아 이 그래봤자 나보다 잘난 건 키밖에 없어.

가지 위에서 내려오는 아이.
먹감나무를 쳐다본다.

아 이 이젠 내가 따줄 거야.

숙 녀 우리 아들 다 컸네. 감 따주면 좋다고 먹드니?

아 이 돌아오면 내가 따줄 거야. 아빠한테도 줄 거야.

숙 녀 아빤 안 돌아와 얘야.

아 이 감나무가 이만큼 커지면 돌아올 거라고 했잖아. 백 밤 지나면 돌아올 거라고 그랬잖아.

숙 녀 엄마가 그랬지. 아빠 없어도 이렇게 징징대면 안 된다고. 그럼 누가 보고 욕해요. 애비 없는 자식이라고.

아 이　치.

숙 녀　…그래도 늬 아버지 덕에 여기서 기다릴 수 있는 거야.

아 이　안다 뭐.

숙 녀　(갑자기 울컥하는) 늬들이랑 좀 더 같이 있었어야 했는데.

아 이　응?

숙 녀　엄마가 미안해서. 그깟 나물 팔아 몇 푼 나온다고 그걸 캐러 매일 같이 산에 올라간 게 후회스럽다.

아 이　엄마 왜 그래.

숙 녀　…오늘 별소리 다한다.

말 돌리는 아이.

아 이　(라디오 던진 쪽을 보며) 근데 엄마. 그때 수염 난 아저씨가 올라와선 한참 쳐다보고 내려갔다. 이 무덤.

숙 녀　나무를 베러 올라 온 게 아니고?

아 이　그건 잘 모르겠어. (사이) 할머니는 이제 안 오시는 건가.

숙 녀　… 나이가 있으시니까 몸이 편찮으실 테지.

아 이　사람 기다리게 말이야. 아프다고 이야기라도 해주던가.

숙 녀　누가 대신 이야기해줄 사람도 없겠지. 원래 나이가 들면 그래. 주위 사람들이 하나씩 없어질 때 나이가 든거지.

아 이　나도 그럼 나이 든 거야?

숙 녀　(사이) 할아버지는 며칠 째 왜 안 보이시니?

아 이　꽤 됐어. 기억 안나. 다른 거에 관심이 생기셨나?

숙 녀　글쎄. 그러실 분은 아니신 거 같던데.

아 이　소원을 이루셨나?

숙 녀　응?
아 이　나한테 가끔 그러셨어. 소원이 이뤄지길 기다리고 있다고.
숙 녀　무슨 소원?
아 이　비밀이라고 했어.

사이.

숙 녀　기다리는 게 있어서 다행이구나.
아 이　왜?
숙 녀　목적을 잃으면 사람은 사라지는 법이니까.
아 이　그럼 정말 소원이 이뤄진 건가?

사이.

숙 녀　할머니가 안 올라오니 요 며칠 이쪽으로 올라오는 사람이 하나도 없네.
아 이　아침에 이상한 아저씨가 한 사람 왔어.
숙 녀　저번에 그 수염 난 아저씨?
아 이　그 아저씨 말고, 여기 와서 저 멀리에서 한참 울다가 내려갔어.
숙 녀　한이 많은 사람인가보구나.

사이.

아 이　할머니도 맨날 와서 울다가 무덤에다 술 뿌리고 가셨는데.
숙 녀　올라와서 술도 한잔 하고 하는 거지 뭐.

아 이 아니야 그 할머니는 안 먹던데. 그래서 좋아. 가끔 술 취한 사람들 와서 나한테 말 걸고 그런다니까. … 술은 왜 마시는 걸까.

숙 녀 술을 먹으면 기분이 좋아지는 사람도 있고, 아님 간절히 바라는 게 있겠지 우리처럼. 그러니까 혼자서 술을 마시는 걸 거야.

아 이 술을 마시면 간절한 게 이뤄지나?

숙 녀 취하면 보이지 않던 게 보일 수도 있지. 없던 용기도 생기니까. …어쩌면 술이란 건 말이야. 하느님이 만드셨는지도 몰라. 정신을 혼미하게 만들어서 다른 세상을 잠시 볼 수 있도록 말이야. 잠깐이라도 그리웠던 사람을 만날 수 있도록. 그러니 무덤 위에 술을 뿌리고 술을 마시는 것 아니겠니?

아 이 나도 술을 마시면 보이지 않던 걸 볼 수 있게 되나?

숙 녀 어린 게 그런 생각하면 못 써. …그래서 널 보고 그 사람이 뭐라디?

아 이 내가 오늘 꿈을 꿨는가보다 하던데. 한밤중에 산에서 이런 애새끼를 다 만났다나 뭐라나.

숙 녀 애새끼? 그런 말은 나쁜 말이야.

한참 전부터, 아이가 라디오 던진 쪽을 바라보던 숙녀.

아 이 (이를 알아차리고) 라디오 다시 주워와?

숙 녀 아니, 그게 아니고. 엄마 산 아래 좀 내려갔다와야겠어.

아 이 왜?

숙 녀 할머니가 걱정 되서 말이야. 한번 가봐야지.

아 이 엄마가 왜 가.

숙 녀 사라지지 않았는데 아무도 찾지 않아서 잊혀 사라질까봐. 그럼 안 되잖니.

아 이 모르는 사람 집에 막 그렇게 들어가는 거 아니라며.

숙 녀 어떤지 잠깐 보고 나올 거야. 얼른 갔다 올게. 가끔 이렇게 바람이라도 쐐야 화병이 내려가지.

아 이 칫, 남 걱정은.

숙 녀 이웃이 남이니. 잘 지키고 있어.

숙녀, 산 아래로 내려가며 퇴장한다.
혼자 남은 아이는 누워도 보고 뛰어도 본다.
그러다 라디오를 던진 곳에서 다시 라디오를 가져온다.

아 이 역시 심심한덴 이만한 게 없어.

라디오를 다시 툭툭 건드려보는 아이.

라디오 찌직…찌직… 그의 한순간의 판단이 앞으로의 커다란 영향력을 끼칠 수 있습니다. 그는 돌아와야 찌직…찌직… 나이는 46세, 현재 상태로 보아 얼굴에 수염이 가득하고….

다시, 라디오 주파수를 움직이는 아이. 곧 조용한 음악이 흐른다.
아이는 라디오를 아래 두고 나무 가지 위로 다시 올라가 산 아래를 쳐다본다.

아 이 어, 어! 온다! 온다!

잠시 후, 아저씨(40세, 남) 올라온다.
짧은 머리에 얼굴은 수염이 덥수룩하다.
요란한 패턴에 셔츠와 큰 통의 정장바지를 질질 끌며 올라온다.
아저씨, 한쪽 다리를 저는 듯 절뚝거린다.
어깨엔 커다란 가방을 짊어지고 있다.
아이는 아저씨의 모습에 겁을 먹고 나무 뒤로 몸을 숨기고
고개만 내밀고 있다.
무덤 근처에서 무덤을 한참이나 쳐다보던 아저씨,
가방을 무덤 옆에 던져놓는다.

아 이 (중얼대는) 할아버지랑 똑같이 걸어. 할아버지랑 똑같이 걸어.

나무 아래에서는 라디오가 찌직대고, 아저씨는 신경 쓰이지 않는 듯
무덤만 바라볼 뿐이다.

아저씨 왔는데 뭐라 말이라도 해봐.
아 이 할아버지 딴 데로 갔는데.
아저씨 할 말 있을 거 아니야.
아 이 그게 아니라 아무도 없어서 -.

사이.

아 이 나무는 안 돼요. 나무는 안 돼.
아저씨 조용히 해 - !

아저씨, 옆에 있던 라디오를 걷어찬다.

라디오 찌직거리던 소리가 끊기고, 아이는 나무 뒤로 숨는다.

아저씨 시끄럽게 징징대고 있어. …뭐가 그렇게 걸쩍지근했나 했더니. 당신 물건을 안가지고 올라왔더라고. 그래서 본의 아니게 두 번 올라오게 됐습니다. …근데 한번을 안 열어봤다. 그 날, 그 날 그렇게 뛰쳐나오고선 한번을 안 열어봤어요. 열어보기 싫어서가 아니라 궁금하지 않아서. 그렇게 뛰쳐나가서 정신없이 살다보니까 가방 한번 열어볼 시간도 없더라고.

아주 긴 침묵, 아저씨 오랜 시간 자신의 과거를 들여다보듯 회상하는 모습이다.

아저씨 누구 하나 온 사람 없었죠. 업이야. 당신 업. 그러니까 누가 그렇게 살으래? 누굴 탓할 거야. 그 놈의 6 · 25. 돌아온 사람들 다 그렇게 망가지지 않아. 보란 듯이 잘 먹고 잘 사는 사람이 얼마나 많은데. 팔 한쪽 날아가도, 나라에서 보상하나 해준 거 없어도 스트레스 안 받고 행복하게 사는 사람들이 얼마나 많은데. 다리병신 됐다고? 그건 핑계야. 전쟁 때문에 당신이 그렇게 되어버렸다고 술 처마시고 항상 휘둘러대던 폭력. 후회해? 아버지 마지막 주먹질? 당신 주먹질에 어머니 집 나가고 니 에미 똑 닮았다며 어린 나를 그렇게 몰아넣던 그때. (웃는) 내가 당신 얼굴에 보기 좋게 아구창 한번 날리고 도망갔잖아. 아버지. 난 후회 안 해. 그렇게 나가곤 한 번도 안 찾았지? 내가 어디서 뭐하고 사는지 궁금하지 않았어요? 그래도 당신 아들이라는 새낀데 당신 새낀데 말이야.

무덤 옆에 걸터앉는 아저씨.

아저씨 당신 죽어도 얼굴 보고 싶지 않았어. 그래서 죽었다는 소식 들었을 때도…. 당신의 그 지옥 같은 주먹질 덕분에. 지금 그거 하고 산다. …그거 하고 살아. 뭐 어린놈의 새끼가 배운 게 있어야지. 나도 먹고 살아야 할 것 아니야 응?

자신의 다리를 걷어 만지는 아저씨.

아저씨 (목 메이는) 이지경이 되니까 눈곱만큼 니 생각나더라. 당신이 그토록 말하던 모멸감. 난 그래도 술 취해서 다른 사람한테 해코지는 안했어. (정신 차리고) 당신 물건이나 가져다주러 여기 온 줄 알지? 당신 생각나서 여기 온 줄 알지?

먹감나무 바라보는 아저씨.

아저씨 내가 미쳤냐? 이제 와서 똑같이 다리병신 되가지고 동질감 느껴서 여기까지 왔게? 저번에 왔더니 웬 나무가 하나 있대? 나 이제 당분간 어떻게 버티나 했는데 이렇게 선물을 떡하니 가져다놨어. 그래도 낭떠러지에 있는 놈 자식새끼라고 어떻게든 살아날 구멍을 주려고 했나봐 그치. 먹감나무래요. 나무가 시커멀수록 비싸대. 가구로도 만들고 장식품으로도 만들고. 아니 이런 보물이 당신 무덤 옆에 있을 줄 누가 알았겠어. 선물이잖아. 당신 무덤 옆에는 이런 근사한 나무… 있을 자격 없어. 있어서도 안 되고.

아저씨, 묵묵히 앉아서 던져놨던 가방을 가져와 열어본다.
아버지의 유품이 몇 가지 나온다.

아저씨 자 이거나 가지고 위로 좀 하셔요. 그래도 이런 거 갖다 주는 건 나밖에 없을 거 아니야.

아버지의 가방에서 커다란 술병이 하나 나온다.

아저씨 …웬 가방이 이렇게 무겁나 했더니. 그 놈의 술. 술은 여기다 왜 넣어둔 거야. (술을 가만히 들여다보다 웃음 터뜨리는) 이거 담금주잖아. 그놈의 담금주. 그래, 그래도 담금주 담그는 기술하나는 기가 막혔어 그치? 술 취해서 담금주 담글 때 제일 멀쩡했지. 사람새끼 같았을 때는 그때 뿐이었잖아. 신기해.

술 취한 아버지(35세, 남자) 절뚝거리며 등장한다.
(*이는 아저씨의 기억 속 한 장면이다.)

아버지 다 된 걸 또 왜 만지고 있어.
아저씨 ….
아버지 다 만든 담금주는 건드리는 거 아니라니까. 또 성질 뻗치게 할라고. 저리가 임마!

담금주를 뺏어드는 아버지, 들어 올려 담금주를 관찰한다.

아버지 흐흐, 이번 건 기가 막히게 잘 담근 느낌이 든단 말이지.
아저씨 술을 그렇게 좋아하면서 왜 당신이 담근 담금주는 한 잔을 안 드셨어요.

아버지 담금주라는 건 임마. 마시려고 만드는 게 아니야. 보려고 만드는 거지.

아저씨 맨날 술 마실 돈도 없었으면서 담금주만 쌓아놓고 말이야. 그게 남은 거 전부야.

아버지 하나하나 쌓아놓는 맛에 이 짓하는 거지. 니 에미 집 나가고 니 새끼 밖으로 싸돌아다니지 나 혼자 집구석에서 뭐하겠냐. 꼭 술 담글 때 들어와 정신 사납게.

아저씨 그거 알아요? 밖에서 몰래 훔쳐보다 일부러 술 담글 때 들어갔던 거. 그래야 그날은 안 맞고 잠에 들 수 있었으니까.

아버지 누워있지 말고 앉아서 들어 새끼야. 나 전쟁터에 있을 때 말이야. 나랑 꼭 붙어 다니던 놈이 하나 있었거든. 대수라고. 성은 끝까지 안 알려주더라. 그 놈하고 붙어 다니다가 포탄 떨어져서 그 놈 몸뚱어리는 어디 가 보이지도 않고, 나만 어찌저찌 도망가다 다리 이 지랄 난 건데. 그 놈이 꼭 그랬어. 지 집 아부지가 술을 기가 막히게 담근다구. 나중에 가면 꼭 그 술 한 잔 받아먹고 싶다구 말이다. 그 아부지가 장난이 기가 막히게 심하신 분이였다는데. 글쎄 담금주에다가 소원을 빌고 묵혔다가 나중에 그 술을 마시면 소원이 이뤄진다는 거야. 그래서 그놈 시끼 자면서 울다가 그 술 먹고 자기라도 살아서 돌아가게 빌고 싶다고. 미친놈 나도 있는데 말이야. 술을 못 마셔서 그런지 그 시끼는 그렇게 찢어발겨졌어. 그래서 그 소원 내가 대신 이뤄줄라고.

아저씨 그 말을 믿어요? 시답잖은 소릴. 그러고 보니 담금주 담그는 기술이 기가 막혔는진 모르겠네 먹어보질 않아서.

사이.

아저씨 그나저나 당신 소원은 뭐였는데. 그걸 못 물어봤네 무서워서.

아저씨를 쳐다보는 아버지.

아저씨 엄마… 돌아오라고 그랬던 거지. 맞죠.

아버지 술을 담그면 소원이 이뤄진다고 했어. 담근 술을 한참이나 놔두고 보름달이 뜰 때쯤 마시면 말이야.

아저씨 근데 왜 보름달이 떠도 마시지 않았어요. 알고 있었잖아. 돌아오지 않을 거라는 걸.

아버지 술을 담그면 소원이 이뤄진다고 했어. 보름달이 뜨는 날에.

아저씨 이거 말고 그 수십 병 다 어디 갔는데. 마셨는데 안 돌아왔냐?

아버지 나 전쟁터에 있을 때 말이야. 대수라는 친구가 있었어. 성은 기억이 잘 안나. 말을 안 해줘서 그런가.

아저씨 거짓말.

아버지 (감정이 바뀌며) 이 개새끼가 이거 지 에미랑 면상이 똑 닮았어 이런 씨박 것. 너도 니 에미처럼 집 나갈 거냐? 어딜 쳐 싸돌아다니다가 이제 기어들어와? 그럴 거면 니 새끼도 나가 이 새끼야.

당시의 어린 시절처럼 우는 아저씨.

아버지 뭘 쳐 짜고 지랄이야. 사내새끼가 말이야 맨날 질질 짜기만

하고. 넌 새끼야 나 때였으면 집에 못 돌아왔어. 그 정신머리론 벌써 머리통에 총알 맞고 뒤졌어 이 새끼야. 나 땐 새끼야. 이 다리가 어떤 다린지 니가 알아? 이게 도망가다 맞은 다리가 아니야. 빨갱이 새끼들하고 피터지게 싸우다가 응? 울면 뭐 다 해결되는 줄 알아? 애비는 이렇게 살고 싶어서 사는 줄 아냐고. 이 시발 아부지가 말씀하시는데 어디 딸꾹질을 쳐하고 이리와, 이리와 이 새끼야.

아저씨의 울음소리 커진다.

아버지 너도 니 에미처럼 도망가서 다신 찾아오지 마라. 좆같은 놈.

아버지 퇴장한다.
아버지가 퇴장한 곳을 한참이나 바라보는 아저씨,
그리곤 담금주를 바라본다.
담금주 뚜껑을 여는 아저씨, 아버지의 무덤에 뿌려주려다 멈칫.

아저씨 살아생전 술을 그렇게 드셨는데 또 드시면 안 되지. 술 취해서 또 나한테 큰 소리 칠라. 곧 업체 쪽에서 사람이 올 거예요. (하늘을 보며) 해가 지는데, 늦지 말아야 할 텐데 그렇죠. 아버지.

먹감나무를 훑어보는 아저씨, 먹감나무에 담금주를 반쯤 뿌린다.

아저씨 이따 베어가고 나서 소주나 한잔 뿌려주려고 했는데 잘됐네. 고목 베어가면 천벌 받는다고 하잖아요. 난 이제 받을 천벌도 없는걸. 내가 형편이 이래서. 미안합니다.

먹감나무 아래다 남은 담금주를 두고 주머니 속에서 아리랑 담배 꺼내는 아저씨. 담배에 불을 붙이려다 멈칫.

아저씨 그래도 당신 앞에서 맞담배는 좀 그렇잖아. 아무리 쌍놈의 새끼라도 말이야.

아저씨, 퇴장한다.
한참의 시간이 흐른 후, 빼꼼 고개를 내미는 아이.

아 이 갔다. 내려갔다. 어디 간 거지.

앞쪽으로 내려와 산 아래를 살피는 아이. 문득 하늘을 본다.

아 이 해가 다 졌네. (어슴푸레한 달을 발견하는) 어 …보름달. 이제 밤이 되는데 엄마는 언제 올라올 생각인거지.

공터를 한 바퀴 도는 아이,
그러다 먹감나무 아래 있던 담금주를 발견한다.
담금주를 이리저리 살피는 아이, 마신다.
맛이 없는지 토악질 해대는 아이.

아 이 술은 원래 이런 맛일까. 오래 되서 이런 맛이 된 걸까.

다시, 담금주 마셔보는 아이, 괴상한 표정 짓는다.

아 이 (담금주를 다시 내려두며) 나랑 안 맞아. (사이) 쉬 마려.

라디오 찌직… 찌직… 그는 돌아와야 합니다. 개인의 선택이… 찌직… 국가와… 찌직… 어디로…정부에선… 그에게… 고액의 현상 수배금을….

무대가 서서히 어둑어둑해진다.
곧이어 남자(47세)의 거친 숨소리 들린다.
남자, 지게에 나무를 잔뜩 짊어지고 언덕을 올라온다.
비틀비틀 대는 남자, 술에 잔뜩 취해 걸음도 쉽지 않다.
(남자, 취한 탓인지 말하는 억양이 이상하다. 사투리를 쓰는 것 같기도 하고.)

남 자 (깊은 한숨) 됐다… 이제 됐어.

남자, 나무가 쌓인 지게를 낙엽이 치워져있는 공터로 옮긴다.
나무를 내려놓고 먹감나무를 한참 동안 바라보는 남자.
다가가 먹감나무를 쓸어본다.

남 자 견뎌줘서 다행이야. (나무를 툭툭 치며) 네 덕분이다. 안 까먹고 여기를 찾아올 수 있었던 건.

남자, 나무에 달린 먹감을 까치발을 들어 따낸다.
손으로 슥슥 먹감을 닦는 남자.

남 자 (씁쓸한 웃음) 이렇게 따기 쉬운 걸… 새까맣게 타버렸구나.

먹감을 바라보다 나무를 두드리는 남자.

남 자 너희들은 이렇게 새까매야 비싸지 응? (사이) 널 강 건너 날라다 갈 수 있다면 내가 멋진 가구로 만들었을 텐데. 여기서 혼자 외롭게 있지 않도록 말이야. 나같이….

남자, 먹감을 입 안 가득 쑤셔 넣는다.
우걱 - 우걱 감을 씹는 남자, 눈망울이 촉촉하다.

남 자 맛없어. 떫어… 떫다고!

돌연, 눈물을 흘린다.

남 자 (울먹이며) 줄기가 비싸야 무슨 소용이가. 열매가 이렇게 떫은데. 줄기만 좋아지면 어떡하라는 거가. 다 같이 몽땅 좋아야지.

남자, 울던 표정이 순식간에 갈무리 된다.

남 자 시작하자.

남자, 나무를 스쳐 지나가는데 나무 앞에 놓여 있는 담금주를 발견한다. 담금주를 들고 마시는 남자.

남 자 (토악질하며) 누가 못 쓰가진… 이상한 술을 이렇게 올려놔서.

남자, 지게가 있는 곳으로 향해 낙엽이 비어져있는 공간에 나무를 놓기 시작한다. 마치 그 행동이 집을 지으려는 사람처럼 보인다. 가방 속에서 종이를 꺼내 들여다보며 나무를 맞춰가는 남자. 한참을 나무를 쌓던 행동을 하다가 주저앉는다.

남 자 오두막 하나 짓는 것도 쉽진 않구만. 이리니까 내가 소목을 하지.

소목이란 말을 내뱉던 남자, 놀라며 입을 막고 주위를 둘러본다. 그러다, 나무 뒤에서 고개 내밀고 있던 아이를 발견한다.

아 이 (놀라는) 여기서 뭐해.

남 자 (깜짝 놀라는) … (애써 담담하게) 여기서 뭐하니.

아 이 …내가 먼저 물어봤잖아.

남 자 (지방 사람이 서울말을 쓰듯 어색한) 너 혼자니?

아 이 나 혼자야. 엄마가 잠깐 어디 가서.

남 자 절루 가라. 방해된다.

아 이 나 말야?

남 자 그래 너.

아 이 신기하네.

남 자 네가 여기 혼자 있는 거가 더 신기…해.

남자, 아이에게 말을 마치고 하던 일을 계속 한다.

아 이 여기서 뭐해? (사이) 여기서 - 뭐 - 해? (사이) 여기서!

남 자 얘야. 절루 가라. 부모님 언제 오시니.

아 이 해가 지면 오실 거야. 여기서 뭐하냐고!
남 자 … 집 짓는다. 절루 가.
아 이 이게 무슨 집이야. 사람 하나 겨우 들어가겠다.
남 자 … 사람 하나 들어갈 자리면 충분해.
아 이 어떻게 집에 사람이 혼자 사나. 외롭게. 근데 집을 왜 지어?
남 자 … 감나무가 있었던 곳엔 집이 있었다는 뜻이야. 그러니 감나무가 있는 곳엔 집이 있어야 해.
아 이 이상한 소리해.

사이, 아이는 나무 근처로 가 앉는다.
조용히 집을 짓는 남자.

아 이 감 좋아해? (사이) 감 좋아하…세요?
남 자 (짓던 집 근처에 앉으며) 술에 취하니까 삐뚤빼뚤 하구만.
아 이 에? (담금주 가리키며) 술 먹었구나!
남 자 먹다 올라와서. (사이) 너가 갖다 놨어?
아 이 아니, 아저씨가.
남 자 누가 또 있니?
아 이 근데 술 맛없어. 술이 원래 이렇게 맛이 없던 건가.
남 자 못 쓰가… 맛이 이상해. 상…했어.
아 이 감 좋아하냐구.
남 자 (한숨) 내가 좋아했던 건 아니고.
아 이 드디어 대답한다!
남 자 대답 안하면 계속 말시킬 것 같아서.
아 이 난 감 좋아하는데.
남 자 원래도 안 좋아했고, 지금은 더 안 좋아해. 좋아하는 사람

따줬을 뿐이야. 손이 감나무에 안 닿는 사람.

아 이 나도 동생이 맨날 감 따주고 그랬는데. 키 크다고 우쭐대기나 할 줄 알지.

아이를 가만히 쳐다보는 남자, 추억에 젖은 듯하다.

아 이 아저씨도 나 키 작다고 생각하고 있지.

남 자 그런 거 아니야. (추억에 젖은 듯) 형이 형 노릇을 해야지 형이지.

아 이 키 커야 형 노릇 할 수 있나?

남 자 한마디를 안 진다.

남자, 아이를 지나쳐 먹감나무를 바라본다.

아 이 나도 하나만 따줘.

남 자 (먹감을 하나 따며) 참 좋아했던 감나문데. 감나무라도 가져갈 수 있으면 좋으련만.

남자, 아이에게 감을 던져 준다.

남 자 (아이를 보며) 먹감은 떫어.

아 이 괜찮아 내가 먹을 거 아니야.

남 자 ….

아 이 동생 오면 줄 거야. 형 무시 못 하게. 아저씨는…

남 자 (자르며) 시간이 없어. 집을 지어야 해.

아 이 왜지?

대답이 없는 남자.

아 이 왜 - 지? 왜…
남 자 (자르며) 그만해!

남자의 외침에 놀라, 나무 뒤로 들어가버리는 아이.
아이가 사라지자, 아저씨가 등장한다.
아저씨, 남자를 발견하고 멈칫.
남자는 아저씨를 경계한다.

아저씨 뭘 보슈. 뭐 구경났어?
남 자 …아닙니다.

남자를 지나쳐, 먹감나무를 바라보는 아저씨.
이후 남자의 행동이 궁금해져 남자 주변을 기웃댄다.

남 자 뭐 구경이라도 났습니까.
아저씨 아니에요. 해 다 져가는데 안 내려가고 뭐해요?
남 자 ….
아저씨 아니, 나무를, 뭐 만들어요?
남 자 일 없습니다.
아저씨 뭐요?
남 자 신경… 쓰지 말라고요.

나무 주변을 살피는 아저씨.

남 자 …아저씨 애요? 나무 뒤에 숨어있으니 데리고 가라요. 형 찾던 거 같던데.

아저씨 누구요? 내 애 아니에요. (나무 뒤로 가는) 아무도 없는데?

남 자 (슬쩍 뒤 돌며) 산으로 내려가는 길은 이 길뿐일 텐데.

아저씨, 먹감나무를 쓸어 내려본다.
시계를 한번 보더니 나무 앞에 앉는다.

남 자 (아저씨 쳐다보는) ….

아저씨 난 신경 쓰지 말고 일 봐요.

담금주를 들어 보이는 아저씨, 한 방울도 남아있지 않다.

아저씨 (남자를 쳐다보는) ….

남 자 왜 그럽니까.

아저씨 아니에요. (사이) 뭘, 만드나 봐요?

남 자 그냥 취미입니다. 신경 쓰지 말라요.

아저씨 아니 인적 드문 산속에서 뭔 취미가.

아저씨, 다시 일어나 먹감나무 만지는데.

남 자 찍어갈 생각이랑 접으십시오.

아저씨 뭐요?

남 자 그 나무 내 나무입니다.

아저씨 예?

남 자 그 먹감나무 내 것이라고요.

아저씨 무슨 소리 하시는지 모르겠는데. 여기 땅 주인 되세요?

남 자 ….

아저씨 이 무덤하고 연관 있습니까?

남 자 무덤하고는 관련 없습니다.

아저씨 근데 왜 이 나무가 당신 거예요?

남 자 그 나무는 내 겁니다. 남에게 내가 왜 내 것인지 리유를… 말할 필요 없잖습니까. 술 갖다 놓은 게 당신입니까?

아저씨 마셨어요?

남 자 …맛이 이상합니다.

아저씨 남의 술을 허락 없이 마셨네.

남 자 ….

아저씨 고목 베어가면 벌 받는다고 해서 술을 좀 뿌렸습니다. 이거 내 술이라 말입니다.

남 자 고목? 감나무 찍어가지 말라 했습니다. 도벌 아닙니까.

아저씨 참 내. 도벌이라네. 도벌은 주인이 있어야 도벌이지. 주인 없는 물건 주워가는 것도 도둑이라 합디까? 나한테 왜 시비요.

남자, 무시하고 집짓기를 계속한다.

아저씨 이보세요. 말하다가 갑자기 뭐하세요. 이유를 대라니까?

남 자 다른 나무도 찍어갈 거 많지 않습니까.

아저씨, 남자의 나무를 만져보는데.

남 자 다치지 말라요. 남의 물건 손대는 건 습관입니까?

아저씨 아니, 다짜고짜 자기 거라고 가져가지 말라니까. 뭔 이유나 말하면. 그만 하고 이야기 좀… 아이 술 냄새. 술을 얼마나 마신거야. 당신 술 취해서 여기서 뭐해?

남 자 집 짓는 중입니다. 방해하지 마세요.

아저씨 집? 무슨 집?

남 자 …옛날에는 식량이 부족해서 집을 지으면 감나무를 제일 먼저 심었습니다.

아저씨 에?

남 자 옛날부터 감나무가 있었다는 건 그 근처에 집이 있었단 뜻입니다. 그러니까 집을 짓는 겁니다.

아저씨 별안간 무슨 소리해. 제정신이야? 눈 벌게 가지고.

남 자 말 함부로 하지 마세요. 아무튼 난 찍어가지 말라고 경고 했습니다.

아저씨 당신, 이 동네 사람 아니지. 말투 이상한데?

남자를 한참 들여다보는 아저씨.

아저씨 어디서 왔어?

남 자 …쓸데없는 소리 하지 말고 두고 내려가세요.

아저씨 어차피 조금 있으면 사람들 올라올 거야. 이 나무 베어갈 거라고.

남 자 (집짓기를 멈추는) 당신이 불렀습니까?

아저씨 당신도 이 나무 탐나서 온 거지. 그렇지? 뭐 눈엔 뭐만 보인다고 그러니까 내가 도벌인지 뭔지 한다고 하는 거 아니에요. 술 취해가지고 정신 못 차리지? 나무 상태 좋은 건 알아가지고 말이야. 어쩐지 처음부터 여기 있는 게 수상하다 싶었어.

남 자 사람들한테 다시 이야기해서 올라오지 말라고 하는 게 좋을 겁니다.

아저씨와 남자 마주한다.

아저씨 더 이상 방해하면 나도 가만히 안 있어. 다리병신이라고 무시하냐? 나 때문에 못 하고 있던 거지?

남 자 그런 거 아닙니다.

아저씨 그런 거 아니긴. 나무 가지고 장난치는 꼴이 딱 그 꼴이구만.

남 자 저건 집을 짓는 재료입니다. …얼른 가서 이야기하세요.

먹감나무 앞에 서 있는 남자.

아저씨 아이씨 나와 - !

그러다 남자, 아저씨의 가방을 발견한다.

남 자 이건 뭡니까 (열어보는) 이거 때문에 나무….

아저씨 (자르며) 그건 건들지 마 이 새끼야.

남자와 아저씨 몸싸움 일어난다.
남자와 아저씨 엎치락뒤치락 하다가
남자의 위에 아저씨가 올라타는 모습이다.
주변에 있던 빈 담금주 병을 들어 남자의 머리를 치려는 아저씨.

아저씨 에이씨 -.

아저씨, 병을 거둔다.

아저씨 이보세요. 나 갈 때까지 갔다 온 놈이니까. 더 건드리지 마. 이제 좀 착하게 살아보려니까 별.

아저씨, 일어나 담배 꺼내는데.

남 자 가족이… 하루아침에 없어졌단 말입니다….

아저씨 뭐요?

남 자 (울음 참는) 가족이 하루아침에 없어졌다구요.

아저씨 이건 갑자기 또 뭔 소리야.

남 자 그 나무 찍지 말아주세요. 나 돈 많습니다. 내가 돈 줄 테니까 그거 그냥 두고 가달란 말입니다.

남자, 울음 터진다.
담배 집어넣는 아저씨.

아저씨 얼마나 줄 수 있는데.

남자, 벌떡 몸 일으키더니 쌓아둔 나무로 향한다.

아저씨 야 지금 뭐하는….

남 자 (자르며) 나 북한 사람입니다. 그래서 말투가 이상합니다.

아저씨 ….

남 자 도망 온 겁니다.

아저씨 탈북?

사이.

남 자 고향 방문단이라고 들어봤습니까.

아저씨 고향…방문단.

남 자 나는 북에서 소목질 하던 사람입니다.

아저씨 소목?

남 자 가구 만들거나 장 만드는 사람을 북에서는 소목이라 합니다.

아저씨 아이씨 우리나라 말 써요. 소목이라고 하면 내가 알아?

남 자 나는 이제 북이 … 우리나라입니다.

아저씨 어떻게 여기까지 왔는데?

남 자 고향 방문단을 모집했습니다. 엇그제 판문점으로 넘어왔습니다. 우리 가족들 만나러.

아저씨 아!

사이.

남 자 맞아요. 내가 무리에서 도망 나온 사람입니다. 피난 도중 어머니의 손을 놓고 말았습니다. 아까 소목질 한다고 이야기 했었지요? 내 북쪽 의용군으로 끌려갔다가 열차에서 뛰어내렸습니다. 그러다 소목하던 맘 좋은 아저씨가 절 발견하고 데려다 키웠습니다. 소목일은 거기서 배운 겁니다.

아저씨 아니 근데 가족이 없는데 어떻게….

남 자 맞습니다. 나는 의용군에서 도망쳤기 때문에 사실 고향방문단 신청도 할 수 없었습니다. 그런데 우리 집을 자주오던 기자 한분이 고향방문단에 기자명목으로 포함됐다는 이야기에….

아저씨 기자 신분으로?

남 자 나는 살아있을 거라고 생각했습니다. 기자라는 신분을 활용해서 수소문을 했는데 사망처리 되었다는 사실을 알게 됐죠. 그 후로 정신을 잃었습니다. 서울중립극장에서 공연을 보다가 소란스러운 틈을 타서 빠져나왔습니다. 곧 수배명령이 떨어질 거였기 때문에 여기까지 걸어왔죠 그래서 복장이 이렇습니다.

아저씨 아… 기억나요. 수배.

표정이 미묘하게 바뀌는 아저씨.

남 자 의정부는 정말 많이 바뀌어있더군요. 그리고 저희 집도 말이죠. 집이 있을 줄 알았습니다. 여긴 인적이 드무니까. 어쩌면 형과 엄마가 살고 있는데 사람들이 기억하고 있지 못하는 것일 수도 있다….

아저씨 여기가….

남 자 35년 전에 우리 집이 있었던 곳입니다.

아저씨 집이 있을 만한 곳이 아닌데?

남 자 그때쯤 마을 전체 결핵이 유행했지요. 아버지는 전염을 피하려 이쪽에 집을 지었습니다. 결국 그 결핵으로 돌아가셨지만. 이곳에 도착한 날 아침에 내가 얼마나 울었는지. 이제는 먹감나무로 변해버린 감나무 하나만 남겨져있더군요.

사이.

남 자 아버지가 늘 그랬어요. 집이 있는 곳엔 감나무가 있어야 한다. 그래야 식량 걱정이 없다고 말이에요. 그래서 집을 짓는 겁니다. 불행 중에 다행인지 누군가 나무를 해놓고 갔던 지게를 발견하게 돼서, 여기까지… 올라온 겁니다. 집이 있던 곳엔 무덤이 남아있지만 괜찮습니다.

아저씨 그 무덤. 나 아는 사람 무덤이야.

남 자 그렇습니까. 왜 말 안했습니까.

아저씨 물어는 봤어?

남 자 ….

아저씨 누구 무덤인지 안 물어보네.

남 자 물어보면 이야기 할 겁니까.

아저씨, 남자가 꺼내는 아버지의 죽음 이야기에
동질감 비슷한 감정을 느낀다.

아저씨 멋진 아버지를 뒀네. 가족들을 지키려고.

사이.

아저씨 당신이 아까 마신 술. 이 무덤 주인 거야. 맨날 담그던 술.

남 자 미안합니다.

아저씨 괜찮아. 이 양반은 워낙 술을 많이 드셨던 양반이고. 나는 술이라면 질색이니까.

남 자 좋은 분이셨을 겁니다.

아저씨 역시 거짓말이었어.

남 자 뭘 말입니까.

아저씨 (빈병 쳐다보는) 아니야.

사이

남 자 먹감나무가 어떻게 변하게 되는 건지 아십니까?

아저씨 먹감나무가 뭐가 변해?

남 자 먹감나무는 가지가 뜯어져 나무에 상처가 나면 빗물이 가지를 타고 들어가서 감나무가 까맣게 되는 걸 먹감나무라고 합니다. 먹감나무가 되어 버린 나무는 가치가 아주 높죠.

아저씨 그런 걸 어떻게 그리 잘 알아요?

남 자 소목이라고 안 했습니까. (사이) 웃기지 않습니까.

아저씨 뭐가요?

남 자 상처가 나서 빗물이 들어갔는데 나무줄기는 더 비싸지지 않습니까. 빗물이 들어가 얼마나 따갑겠습니까. 그 상처가 새로운 가치를 부여하게 되었지만요.

아저씨 여하튼 비싸지니까 좋은 거지 뭐.

다시 집을 지으러 이동하는 남자.

남 자 그래서 우리 민족이 좋아졌습니까.

아저씨 뭐?

남 자 아닙니다. (사이) 근데 그거 아십니까? 먹감나무에 달려 있는 먹감은 맛이 없습니다.

아저씨 ….

남 자 그리고 곧 감은 떨어지겠죠. 감이 무슨 죕니까. 열심히 열매만 맺고 달콤해지길 기다렸을 뿐인데. 떫어진 감은 누굴 탓해야 됩니까. 하늘에서 내린 빗물을 탓해야 합니까. 아니면 상처 가득 값비싸진 나무줄기를 탓해야 합니까. 다들 떫어진 먹감엔 관심이 없죠. 그런 겁니다. 나는… 나는 그런 겁니다.

아저씨는 남자를 한참 바라본다.

아저씨 근데 나한테 이런 이야길 왜 하는데?

남 자 …나에게 마지막 남아있는 가족의 흔적입니다.

아저씨 판문점으로 복귀할 생각이 없나보군.

남 자 돌아가지 않을 겁니다.

아저씨 그럼?

남 자 난 여기서 살 겁니다. 여기는 내 집이니까 여기 있을 겁니다.

아저씨 이렇게 쉽게 해줘도 되는 이야기야?

남 자 (낙엽을 쓸어 보이며) 낙엽도 떨어질 땐 자취를 남기는 법입니다. 누구 한 사람에게 발견되더라도요.

아저씨 뭐?

남 자 아닙니다.

아저씨 지금 간첩 취급 받는 건 아쇼?

남 자 일 없습니다. 내 이야기 들었으니 이제 그만 가주십쇼. 저 감나무는 내 것입니다. 나 아주 어릴 적부터 우리 집 앞에서 같이 자랐던 놈입니다.

시계를 들여다보는 아저씨.

아저씨 집 짓는데 좀 걸리겠네. 다 지으면 많이 어두울 텐데.

남 자 원래 남의 일에 그렇게 관심이 많으십니까?

아저씨 감나무가 선물인 줄 알았는데 말이야.

남 자 예?

일어나서, 산을 내려가려는 아저씨. 무언가 마음이 급해 보인다.

남 자 내 부탁을 들어주시는 겁니까?

아저씨, 말없이 언덕을 내려간다.

남 자 (아저씨를 바라보며) 고맙습니다. 내 이 은혜 잊지 않겠습니다.

남자, 울먹이며 쌓던 나무를 다시 쌓기 시작한다.
남자가 쌓는 나무는 점차 오두막의 형태를 띠기 시작한다.
아저씨가 내려가자 어린이가 나무 뒤에서 나와 아저씨가 내려간 곳을 쳐다본다.

남 자 (놀라는) 어디 있었….

아 이 (자르며) 쉿! (속삭이는) 숨어있었어.

남 자 아는 사람이니? (사이) 얼른 내려가 시간 늦었어. 곧 있으면 어두워진다.

아 이 아저씬 안 내려가?

남 자 난 안 내려가. 집 다 짓기 전엔 못 내려가.

아이를 등지고 집을 짓고 있는 남자.

아 이 집 지으면 뭐해. 어차피 없어질 텐데.

남 자 집이 왜 없어져?

아 이 집은 사람들이 허물잖아. 무너지고 부서지고. 그럼 나중에 다 모래같이 사라져버리는 거라고. 원래 있었다는 것도 모를 정도로. 우리 집도 이젠 보이지 않는 걸.

남 자 시간이 지나면 변하는 건 당연한 거지.

아 이 마음은 안변하는데, 이곳이 변해. 그래서 무서워. 이젠 나무도 다 사라지겠지. (사이) 아저씨가 나무를 베어가면 어쩌지.

남 자 무슨 소리니?

아 이 아까 그 수염 난 아저씨가 얼마 전에 올라와서 나무를 베려고 해.

남 자 그건 아저씨가 다 이야기 했어 아까.

아 이 아저씨가 왜?

아이가 가리킨 먹감나무를 쳐다보는 남자.

아 이 (혼잣말) 나무까지 없어지면 내 동생이 찾아오질 못하잖아.

뒤돌아 아이를 바라보는 남자.

남 자 뭐?

아 이 동생이 오면 감나무에서 감을 따주려고 기다리고 있었는데.

아이에게 다가가는 남자.

남 자 너 지금 무슨 소리하니? 이 나무가 뭐?

아 이 집도 없어졌는데 나무까지 다 없어지면 내 동생 어떻게 찾아오라고. 엄마가 이 나무는 지켜야 된댔어. 나무라도 있어야 된다고. 감나무가 있었던 곳엔 늘 집이 있었던 곳이라고. 그래야 찾아올 수 있다고.

남자, 혼란스러운 듯 주위를 살핀다. 남자의 눈에서 눈물이 흐른다.

아 이 아저씨 왜 울어?

남 자 …너 이름이 뭐니.

아 이 너무 오래 되서 기억이 안나. 까먹었어.

남 자 그럼 동생은 어떻게 기억하려고.

아 이 사실 그게 요즘 가장 큰 고민이야. 내가 내 동생을 알아보지 못하면 어떡하지.

남자, 무너져 흐느낀다.

아 이 아저씨 어디 아파? 괜찮아?

남 자 일없어. 일없어 - . 기억이 안 나는 건 죄가 아니야. 너무 오래되면 기억을 못할 수도 있지.

아 이 그렇지?

남 자 기억을 못하면 어때. 만났으면 되는 거라.

남자, 아이를 끌어안는다.

아 이 아저씨 왜 그래. 괜찮아?

남 자 (울며) 일없어. (혼잣말) 근데 난 어떻게 네가 보이니.

아 이 (웃으며 속닥이는) 이건 비밀인데, 가끔 술 냄새가 나는 사람 중에 나를 보는 사람이 있어. 엄마가 그랬다. 술 먹으면 정신이 혼미하대. 그래서 하느님이 만들었다고. (기억이 안 나는지 표정 찡그리는) …그래서 술 뿌린대. 나 무슨 소리하지?

남 자 엄마, 너네 엄마 어디계시니? 아니, 언제 오시니.

아 이 곧 올라올 거야. 요 앞 무덤에 맨날 오시던 할머니한테 갔어. 할머니 편찮을까 봐.

남 자 응?

아 이 잊히는 것만큼 외로운 건 없는 거래.

남 자 그래. 그래. (아이의 손에 있는 감보며) 그 감 아저씨에게 줄래?

아 이 아저씨가 따. 아저씨는 감 딸 수 있잖아. 나는 동생한테 줘야 하는데.

남 자 (울며) 아저씨가 또 따줄게. 계속 따줄게.

아 이 나중에 동생 오면 또 따줘야 해. 꼭이야.

남 자 그래그래. 아저씨가 따줄게. 그렇게 오랫동안 기다렸구나. 그렇게 오랫동안 기다렸어.

아이는 남자에게, 남자가 딴 먹감을 전해준다.
아이의 35년만의 소망이 드디어 이루어지고,
감을 받는 순간, 시간은 남자의 과거 기억 속으로 흐른다.
남자는 그 곳에서 자신의 형과 어머니를 보고
감격에 찬 표정으로 웃고 있다.
*1950년 6월 25일 오전.
숙녀 등장하고, 아이와 감나무 앞에 서 있다.

아 이 아니라니까 - .

숙 녀 또 또 동생 괴롭히지 말랬지.

아 이 그게 아니라 얘가 날 이겨먹으려고 하잖아. 키 큰 게 뭐 큰 일이라고.

숙 녀 동생이랑 사이좋게 지내야지.

아 이 맨날 나보고만 잘못했대.

숙 녀 누가 네 잘못이라든? 이리와 둘 다 사과해.

기억의 회상을 보고 있는 남자를 쳐다보는 숙녀.

숙 녀 뭐해. 잘못해놓고 뭘 잘했다고 실실 웃고 있어. 이리와 둘 다 화해해.

남자와 아이 마주한다.

아 이 미안. 나는 키가 안 닿으니까. 근데 네가 그렇게 말하면 나도 화나지.

남자, 눈물만 흐른다.

아 이 그만 울어. 나중에 형이 키 더 크면 감 따 줄게. 당분간은 네가 따.

남자, 먹감나무에서 먹감을 따서 아이에게 전해주는데.
멀리서 포탄이 떨어지는 소리 잔잔하게 들린다.
숙녀와 아이, 포탄 소리 나는 곳을 주시한다.

숙 녀 무슨 일이라니?

아 이 비행기다!

전투기소리 멀리서 들린다.
이후, 사이렌 소리 크게 들리며 무대가 어두워진다.

방송소리 오늘 25일 미명 38선 전역에 북한 괴뢰군이 불법 남침하였습니다. 북한 괴뢰군이 38선을 넘어 전면 공격을 시작했습니다. 그러나 안심하십시오. 우리 국군이 건재합니다. 우리 국군은 북한 괴뢰군에 맞서 대대적인 반격을 가하고 있습니다. 우리 국민여러분들께서는 걱정하지 마시고 생업에 종사하시기 바랍니다. 다시 한번 알려드리겠습니다 38선을….

포탄 소리, 숙녀와 아이 그리고 남자 근처에 크게 울리면
시간은 과거 피난 중이였던 때로 바뀐다.
사람들이 꽉 들어차있어 앞으로 한발 나가기조차 쉽지 않은 피난길.
숙녀와 아이, 남자는 손을 꼭 붙잡고 걸어가고 있다.

숙 녀 절대 손 놓지 마. 엄마 손 꼭 잡고 있어. 너도 동생 손 놓지 말고 단디 잡고 있어야 한다.

아 이 알았어.

전투기 소리와 포탄 소리들이 주변에 들리기 시작하자,
사람들은 혼란에 빠지고 그들의 피난길이 더 험난해진다.
시끄러운 사람들 소리와 포탄소리, 비행기 소리가 뒤섞이고,
그 와중에 아이는 남자의 손을 놓고 만다.

아 이 잠깐만 저기, 잠깐만!

남 자 형아 - ! 형 ! 엄마 - ! 어디 있어요.

숙 녀 너 동생 어디다 뒀어. 손 꼭 붙들고 있으랬잖아!

아 이 (울며) 미안해. 미안.

숙 녀 얘 어디 갔니! 우리 애가 없어졌어요. 우리 애 좀 찾아주세요! 우리 애 좀!

남자, 무너져 흐느낀다.
시간은 치열한 전쟁 중 어느 날.
숙녀와 아이는 산언덕으로 올라온다.

아 이 엄마 어디 가 - !

숙 녀 이리로 올 거야. 살아있다면 반드시 우리 집으로 돌아올 거야.

아 이 엄마 여기 무서워. 아무도 없잖아.

숙 녀 우리만 무서운 거 아니야. 네 동생은 혼자라고.

아 이 돌아올까?

숙 녀 돌아올 거야 분명히. 똑똑하니까 우리가 다시 만나려면 이 집밖에 없다는 걸 알거야. 우리끼리 살아남으면 무슨 의미가 있겠니. 같이 살아야 해.

사이.
시간 경과.

아 이 배고파.

숙 녀 엄마가 미안하다. 엄마가.

아 이 아니야. 내 잘못인 걸. 난 멍청해. 바보 멍청이.

숙 녀 아니야, 그렇지 않아.

멀리서 전투기 소리가 들리며 점점 가까워 온다.

아 이 엄마 비행기소리가 들려.

숙 녀 (아련한) 그래. 비행기가 오는구나.

아 이 엄마.

숙 녀 이리와 우리 애기.

숙녀, 아이를 꼭 감싼다.

숙 녀 엄마가 미안해.

아이의 눈을 가려주는 숙녀.
곧이어 번쩍거리는 빛들과 함께 포탄이 떨어진다.
그 광경을 목격하는 남자.

남 자 엄마 - ! 형 - !

포탄의 먼지가 사라지고 나면, 무대엔 숙녀가 보이지 않는다.
그 세월을 견뎌온 먹감나무만 자리하고 있다.
남자는 먹감나무로 가서 나무를 껴안는다.

남 자 (흐느끼며) 네가 이곳에서 버텨준 건 기적이야. 기적이야.

시간은 현재로 돌아온 듯, 아이는 산언덕 아래를 내려다보고 있다.
환하게 웃으며 손 흔드는 아이.

아 이 엄마 - ! 엄마 - ! 빨리 와 !
남 자 (정신을 차리고 일어나는) 엄마.

남자, 오랜 시간 기다려왔던 엄마와의 재회를 앞둔다.
숙녀가 등장함과 동시에 남자는 숙녀에게 달려드는데.
그 순간, 남자의 술이 깨고 숙녀와 아이는 남자의 눈에서 사라진다.

숙 녀 얘는 소리를 고래고래 지르네 그러다 목 상해.
아 이 (웃는) 할머니는?
숙 녀 없어. 아무 곳에도 안 보이던데.
아 이 할머니가 사라졌어?
숙 녀 돌아가신 걸까.
아 이 돌아가면 없어져?
숙 녀 글쎄, 존재하는 것은 기다리는 것이 있기 때문일지도 모르지.
아 이 그럼 기다리는 게 없어진 건가?
숙 녀 할아버지 아직 안 오셨니?
아 이 응. 그럼 할아버지도 기다리는 게 없어진 건가. 소원이 이루어진 건가. …할머니가 없어져서 할아버지도 없어졌나?
숙 녀 그럴지도.
남 자 (주변을 둘러보는) 엄마? 형?
숙 녀 누구니? 이 늦은 시간에 여기까지.
아 이 몰라 -. 근데 신기한 게 내가 보였다니까.

숙 녀 지금은 그런 것 같지 않구나.

아 이 참! 아까 나무 아저씨 올라왔어!

숙 녀 언제?

아 이 아까 전에. 근데 저 아저씨가 나무아저씨랑 싸워서 막아줬어.

숙 녀 정말? 감사한 분이구나.

남자는 계속해서 소리 지르며 엄마와 형을 찾았고, 숙녀는 그런 남자를 바라본다.

숙 녀 저분도 누군가를 그리워하는 모양이구나.

아 이 아침에 왔다가 울고 간 아저씨가 저 아저씨야.

숙 녀 사는 게 이렇게 힘들다. 얘야. 우리만 죽을 듯이 힘든 게 아니야. 주위를 보면 항상 힘들어 누구나.

남자는 문득 자신의 눈에 숙녀와 아이가 보이지 않는 것이 술이 깬 것 때문임을 알아차리고, 나무로 가서 황급히 술병을 들어보지만, 술병이 비어있다. 비어있는 술병을 부여잡고 우는 남자.
술병을 집어던지는 남자.

남 자 조금만 더 시간을 주시지! 조금만 더 - !

아 이 동생은 언제 올까?

숙 녀 글쎄 내일은 오지 않을까.

산 아래를 쳐다보며 동생을 찾는 숙녀와 아이.
남자, 지었던 집을 마무리한다.

남 자 내가 그리로 갈게요. 이젠 내가 그리로. (웃는) 나만 기다린 게 아니었구나. 나만. 우리 어머니 기다리고 계셨네 - !

남자를 쳐다보는 숙녀, 이상한 감정이 그녀를 감싼다.
아이 산 아래를 바라보는데 아저씨가 올라오는 것을 발견한다.

아 이 엄마 - 아저씨 올라와 또!
숙 녀 사람이 왜 이렇게 많지.
아 이 나무 가져가려고 올라오나 봐. 나무 없어지면 우리 동생 못 찾아올 텐데.
남 자 (집 속으로 들어가며) 내가 그리로 가겠습니다. 이젠 평생 볼 수 있게. (감나무 쳐다보며) 감나무가 있는 곳엔 집이 있어야 됩니다. 그래야 돼요. 나는 이제 집에서 자야해요. 이제 곧 다시 만납시다.

남자, 힘겹게 오두막처럼 생긴 집 안으로 들어간다.
남자가 오두막으로 들어가자, 문득 숙녀는 눈물을 흘린다.
그리고 그 눈물은 비가 되어 무대에 내린다.

아 이 엄마 왜 또 울어?
숙 녀 (멍한 표정으로) 나 왜 눈물이 흐른다니?
아 이 엄마 눈물 많잖아.
숙 녀 나이가 먹으면 이렇게 이유 모를 눈물이 가끔 흘러.
아 이 엄마 울지 마.
숙 녀 왜 이런다니 (눈물을 닦으며) 왜 눈물이 멈추질 않니.
아 이 동생 때문이야?

숙 녀 … 몇십 년을 기다려도 왜 도대체 안 온다니.

숙녀를 안아주는 아이.

아 이 엄마. 우린 언제 사라질까 할아버지처럼.
엄 마 …아마 곧일 거야.

곧 아저씨가 플래시를 비추며 산으로 올라온다.
그에 뒤에는 경찰들의 소리가 들린다.

아저씨 여기에요. 여기. 간첩새끼 여기 있다니까요. 이렇게 잡으면 생포입니다. 내가 최초 제보자고 내가 잡은 거요. (짜증내는) 뭔 비가 갑자기 내려.

아저씨의 눈에는 아무도 보이지 않는다.

아저씨 뭐야. 어디 갔어. 분명 여기서 오늘 내려갈 생각이 없었다구.

아이는 숙녀의 눈물을 닦아주고, 숙녀는 그런 아이를 안는다.

아저씨 도대체 어디 간 거야. (오두막을 발견하는) ….
숙 녀 (아이를 더 꽉 안는) 곧일 거야. 곧 사라질 거야 우리도.

아저씨, 발밑에 남자가 던진 술병을 줍는다.
술병을 바라보는 아저씨.

숙녀의 흐느낌 소리 커진다.
무대는 점점 어두워지고,
아저씨는 플래시를 들고 오두막으로 다가간다.
오두막만 남은 채 무대 어두워진다.

막.

마주보지 않는 거울

이현 (이지영)

등장인물

명자
혜선

때

현재

곳

병원 대합실

밤 11시가 넘어가는 시간, 한 대학병원의 보호자 대합실은 몇 개의 조명만이 켜져 있을 뿐 적막하기 그지없다. 그 한 구석에 그림자처럼 앉아있는 명자. 바스락거리는 검은 비닐 봉투 안에서 귤 하나를 꺼내 천천히 까먹는다.
그러는 사이 대합실 반대편 의자 끝에 앉는 혜선. 그늘 안에 있는 명자를 잘 알아보지 못한다. 잠시 서로의 존재를 인식했지만, 서로 모른 척 앉아있는 두 사람.

명자 (조용히 귤을 먹고 있다) 저어.

혜선은 명자의 말소리에 깜짝 놀라 명자 쪽을 바라본다.

명자 (하나 건네며) 먹어 볼래? 단데.
혜선 (대답 없이 고개를 돌린다)
명자 (귤을 건네던 손을 거두며) 아니다. 시다. (자기가 먹던 귤도 정리해 봉지 안에 넣는다)

두 사람은 또 말이 없다.

명자 (답답한 듯) 지금이 몇 시지?
혜선 (여전히 대답이 없다)
명자 (주섬주섬 주머니에서 휴대전화를 찾아 꺼낸다) 아직이네.
혜선 (슬쩍 명자 쪽을 본다)
명자 아직 자정도 안 지났어. 하루가 참 길어. (잠시 생각하다) 하루도 이렇게 긴데…

혜선 (다시 눈을 피한다)

명자 그래도 팔 년을 기다렸는데, 하루는 참 머네. 하긴 팔 년의 하루하루가 그렇게 참 멀더라고. 그런데 오늘은 유난히도 기네. (사이) 시우는?

혜선 (갑자기 입을 떼려니 입이 마른다) 잘…음음. 잘 있어요.

명자 데리고 오지.

혜선 됐어요.

명자 하긴…

혜선 (길게 한숨을 내쉰다) 하아.

명자 피곤하면 3층 수술실 앞 의자가 누워 있기 편해.

혜선 (명자를 한번 쳐다본다)

명자 나도 거기서 누워 잔적은 없어. 몇 번은 생각한 적은 있는데, 그러진 않았어. 그래도 어쩌다 가끔은 한둘 거기서 그러고 자더라고.

혜선 (다시 한숨) 하아…

명자 바로 병원 뒷문 쪽에 작은 여관도 하나 있어. 정 피곤하면…

혜선 괜찮아요.

명자 응…

다시 잠시의 침묵이 두 사람 사이에 흐른다.

명자 시우가 올해 아홉 살 됐나?

혜선 열두 살이요.

명자 벌써? 중학교 다니겠네.

혜선 아직 5학년이에요.

명자 열두 살이면 아직 5학년이구나. 애 키워 논 지가 워낙 오래 돼서 다 까먹었네. 하긴 내가 이제 칠십인데. 내 나이 먹는 거만 생각했지 애들 크는 건 깜빡하네. 벌써 깜빡깜빡해.

다시 침묵

명자 왜 치매가 오면,

혜선 (명자를 쳐다본다)

명자 아니. 왜 그런 말이 있잖아. 치매가 오면 가까운 기억은 흐릿해지는데, 먼 기억은 점점 또렷해진다고.

혜선 아직 정정하시잖아요.

명자 그야 모르지. 누가 내 속을 꺼내 들여다보는 게 아닌데. 나이 들면 어딘가 정상인 게 더 이상한 거야.

혜선 (어이없다는 듯 명자를 본다)

명자 물론 내가 그렇다고 어디 이상하단 얘긴 아니지만, 너도 나이 들어봐라. 그게 그렇다. 오십 다르고, 육십 다른데, 칠십은 또 달라.

혜선 (고개를 다시 돌린다)

명자 어쨌든 오늘따라 가만히 앉아 있는데, 옛날 일이 또렷하게 떠오르는 거야. 지난주에 본 드라마가 재방송되는 것처럼 말이야. 왜 있잖아. 주말에 하는 거. 딸 많은 집 얘긴데, 그 라면 선전에도 나오는 애가 나오는… 아, 〈사랑이 꽃펴요〉… 그걸 유선방송에선 금요일엔가 다시 해줘. 지난주엔 그 집 둘째 딸이 이혼을 한 거야…

혜선 (한숨) 지금 그 얘긴 왜 하시는데요?

명자 아이고. 그러게. 내가 무슨 얘기하다 드라마 얘길 했지?

혜선 오늘따라 옛날 일이 생각나셨다고.

명자 아, 그러네. 맞아. 왜 그럴 때 있잖아. '저거 봤던 건데.' 하면서 생생하게 막 떠올라.

혜선 데자뷰요?

명자 응?

혜선 데자…아니에요.

명자 대장인가 뭔가인지도 모르겠지만, 지훈이가 고등학교 땐가, 무슨 시험 치르는 날이었던데. 그 날이 떠오르더라고.

혜선 그런 건 데자뷰가 아니고, 그냥 옛날 일이 생각난 거예요.

명자 그런가… 내가 또 뭘 모르면서 아는 척했네.

혜선 …

명자 (사이) 걔가 아침을 먹는데 "엄마, 나 오늘 시험이에요." 하더라고. 그래서 그럼 든든히 먹고 가서 잘 보라고 했었는데 대뜸 그러는 거야. "나 대학 붙으면, 갈 수 있어요?" 넌 그런 걱정 말고 공부나 열심히 하라고 했지. 그 말이 어찌나 생생하게 생각나던지, 이게 어제 있었던 일인가? 아님 내가 드라마에서 본 건가 싶을 정도였어.

혜선 그냥. 생각을 많이 해서 떠오른 거겠죠.

명자 맞아. 생각을 너무 많이 했어.

혜선 지훈 씨는 공부 잘했잖아요.

명자 그래. 걔야 공부 잘해서 수석으로 입학하고 그랬지.

혜선 학비 걱정 없었다면서요.

명자 그랬지…

혜선 (짧은 한숨)

명자 사실 내가 애들 키우면서 집안 걱정은 절대 안 시킨다고 다짐을 했어. 내가 찢어지게 가난했어도 자식이 그 걱정하는 꼴은 못 보겠더라고. 없이 살아도 티 안내고, 애들한테는 암

말도 안 했는데 그 얘가 대뜸 그런 말을 하는데··· (가슴을 매만지며) 여기가 콱 막히더라고. 그런데 그게 계속 떠오르네. 시간이 이렇게 지났는데도.

명자의 말에 혜선도 가슴이 답답해 오는 듯, 쓰리는 듯 가슴을 쥐어짜며 쳐낸다.
그 모습에 명자 슬쩍 눈치를 본다.

명자 미안하다. 옛날 얘기는 왜 자꾸 꺼내가지고.
혜선 (차갑게) 그러게요.
명자 ···
혜선 집안 걱정 안 시킨다고 다 큰 애가 그걸 모르겠어요?
명자 맞아··· 왜 모르겠어.

사이

혜선 지훈 씨가 그러더라구요. 원하는 학교는 다른 데였는데, 장학금 주는 학교를 선택했다고. 원하던 전공이 아니어서 나중엔 후회했데요.
명자 그랬어? 나는 전혀 몰랐네.
혜선 그렇게 티를 안내는 사람이더라구요.
명자 걔가 속이 깊어.
혜선 (한숨) 그러게요.

사이

혜선 근데 집안 걱정 안 시키고 키우고 싶으셨으면 끝까지 그러시지 그랬어요.

명자 응?

혜선 한참 저희 결혼 얘기 오고갈 때요. 그 사람이 그러더라구요. 대출을 받아야 할 것 같다고.

명자 …

혜선 전세금 때문에 대출받아야 한다는 건 예상했지만, 부모님이 전혀 도와줄 여유가 없다고 하더라구요. 그러려니 했어요. 처음부터 결혼은 우리 힘으로 할 거라고 생각했고, 없는 살림이어도 하나하나 키워나가는 재미에 살아보겠다고 얘기했었으니까요.

명자 그래…니들이 고생했지.

혜선 고생하는 줄 알면서, 아무리 그래도… 저희 신혼집 한번 안 와보시더라구요. 뭐가 마땅치 않으셨는지, 저희가 집을 구했다 했는데 동네가 별로라니, 집이 좁겠다느니, 출근이 불편해서 어떡하니… 그런 얘기만 하셨죠.

명자 그야…너희가 들어가 살 곳인데 조금이라도 편하면 좋잖니.

혜선 맘에 안 드는 집이라 돈 보태기 싫으셨던 건지, 친정 근처라 싫으셨던 건지, 아니면 정말 보탤 돈이 없으셨던 건지… 사실 궁금하지도 않지만, 그 얘길 듣는데 제 숨통이 콱 막히더라구요.

명자 그저… 너희가 안됐어서.

혜선 안됐어서 와보지도 않으셨어요?

명자 불편할까 봐.

혜선 네, 당연히 불편하죠. 오시던 안 오시던 불편했어요. 집 문제는 얘기도 꺼내기 싫었구요. 나중에 저희 엄마가 전세금 더 보태주셔서 그걸로 이사했던 건 아세요?

명자 지훈이한테 들었다.

혜선 (기가 막히다) 들으셨구나. 전 모르는 줄 알았어요.

이번에는 혜선의 말에 명자는 긴 한숨을 쉬고 가슴을 쓸어내린다.

명자 그게 그렇게 속상했니?

혜선 (대답하기 싫다)

명자 그건 말이다. 지금도 내가 너무 가슴 아프고 얼굴이 화끈거리는 일이야. 지훈이가 결혼하고 싶은 사람이 생겼다고 말했던 날, 지훈이 아빠랑 한참을 말없이 방에 앉아있었어. 그러다 지훈이 아빠가 한마디 툭 꺼내놓는데, '집은 어떻게 해주나'… 곧 정년퇴임을 앞둔 데다 지연이 시집까지 보낼 생각에 막막했는데, 이걸 안 해줄 수도 없고 해주자니 형편이 넉넉한 것도 아니고… 그래도 살던 집 내놓고 작은 데로 이사 갈 생각하면서 전세금 보태주겠다 결심했는데, 며칠 있다가 지훈이가 먼저 '집은 모아놓은 돈으로 충분할 거 같아요.' 하더라고. 모은 돈이 얼만 줄 뻔히 아는데… 대출받아서 전세방 겨우 얻은 거 아는데, 지훈이가 극구 싫다잖니.

혜선 아무리 싫다고 해도… 아들 장가가는 데 한 푼을 못 보태줄 정도로 형편이 어려운 건 아니었잖아요.

명자 그래…나도 죄스럽고, 늘 미안하고…

혜선 됐어요. 옛날일인데. 오히려 도움 안 받고 시작하길 잘한 거 같아요.

명자 시우애미야.

혜선 그깟 집, 그렇게 죄스러우셨으면 나중에라도 보태주시지 그러셨어요?

명자 …

혜선 결국 말씀만 그러실 뿐이잖아요. 우리 친정은 넉넉해서 도와줬나요?

명자 그래, 그래. 내가 미안하다.

혜선 전 지금도 그래요. 제가 길에 나 앉아도 저희 시우 그렇게 꿀리는 장가 못 보냈을 거예요.

그러나 갑자기 무언가 북받치는 듯한 혜선.

혜선 말 나온 김에 할게요. 저 시우 낳던 날이요. 저 꼬박 하루를 진통했어요. 정말 밥 한 숟가락 못 먹고 정신이 아득해서 오락가락하는데, 어머님 그 와중에 병원 오셔서 제일 먼저 하신 말씀이 뭔 줄 아세요? 지훈 씨한테 '넌 밥은 먹었냐? 애 나오려면 한참 걸린다. 얼른 가서 식사하고 와.' 그러셨어요. 진통 중에 정신은 하나도 없는데, 그 소리는 어찌나 또렷하게 잘 들리던지. 아직도 생생해요.

명자 첫 애야 원래 늦을 수 있는 거니까…

혜선 그래도 그 자리에서 그렇게 어머님 아들만 챙기셔야 했어요?

명자 그게 왜 또 지훈이만 챙긴다고 그렇게 생각하니.

혜선 그럼 어떻게 생각해요?

명자 니가 고생이 젤 많았지. 그만큼 아범도 그 옆에서 보초 서야 하니 뭐라도 먹고 해야 버텨줄 수가 있잖니. 나 있으니까 잠깐 시간 내서 다녀오라는 건데 그게 그렇게 서운하니?

혜선 그냥 제 안부를 먼저 물어봐 주실 순 없으셨어요?

명자 (사이) 그래, 생각해보니 내가 잘못했다. 그것도 내가 미안하다.

혜선 (답답한 듯 짧은 한숨) 어머님은 결국 아들만 눈에 밟히시는 거잖아요. 제가 그 아들 잡아먹기라도 해요?

명자 그래도 내 새끼인데 걱정되고 맘 쓰이는 게 당연하지 않겠니?

혜선 그럼 어머니 손주는요? 그 손주 낳느라 고생한 저는요?

명자 손주가 귀하지 않고, 네가 못 미더워 그런 게 아니라, 나 아니면 그 앤 또 챙겨줄 사람이 없으니까…

혜선 허!

명자 평생을 걱정으로 품고 사는 아들이라 그러지. 너도 니 새끼 낳아 키우는 데 그걸 몰라?

혜선 네. 전 모르겠네요!

사이

명자 왜… 아들은 그렇잖니. 곁에 있어도 걱정, 나가도 걱정…

혜선 (짧은 한숨)

명자 내속으로 낳았어도 내속만큼 살갑지 않아서 정을 듬뿍 나눠본 적도 없고, 꼭 한발치 멀리서 남의 자식인 것처럼 뭘 물어보면 퉁명스럽게 '전 잘 지내니까 신경 쓰지 마세요.'라고만 하지.

혜선 다 큰 어른이잖아요.

명자 그래… 다 컸지. 근데도 내 속엔 아직도 애 같은데 어쩌냐.

혜선 그렇다고 평생 끼고 살 수 있는 건 아니잖아요.

명자 너도 시우 키우니 알 거 아니냐. 커도 애 같은 건 어쩔 수 없어.

혜선 …

명자 장가보내고 나니, 하고 싶은 말 있어도 참아야 며느리가 싫어하지 않는대서 너희 가족 걱정되고 챙겨주고 싶어도 일부러 암 소리 안 했다. 미주알고주알 말해주는 지연이랑 달리, 오랜만에 봐도 입 꾹 닫고 제 곁을 안주는 아들이라 그 속이 궁금한데 물어볼 수도 없으니 더 걱정되지 않겠니?

혜선 참으셨다고요?

명자 …

혜선 참으셔서 그 정도셨어요?

명자 내가 무슨 말을 했는데?

혜선 됐어요.

명자 물론 내가 다 잘했다는 건 아니지만, 또 그렇게 내가 너한텐 못한 건 없지 않니?

혜선 어머님 편할 대로 생각하세요.

사이

명자 나도 아들 딸 다 키워봤지만 차별이 아니라 더 많이 챙겨주지 못해서 그런지 그렇게 걔만 생각하면 눈물이 난다.

혜선 뭐가 그렇게 불쌍해서요?

명자 가장이잖니.

혜선 (어이없다)…!

명자 처자식 먹여 살려야 하는 걔가 얼마나 안쓰러웠는데.

혜선 결혼해서 가정을 꾸렸으면 당연한 일이에요.

명자 물론 당연하지. 가장으로 살아야 하는 걸 왜 모르니. 그러니 안쓰러운 거지.

나한테는 아직도 걸음마 배우다 넘어져 울던 그 아들처럼 보이는데.

혜선 집착이세요.

명자 집착을 했으면, 그렇게 모른 척 지내지도 않았지. 가장의 짐이 얼마나 무겁고 힘든 줄 아는데… 걔가 힘들어도 너한테나 시우한테 티라도 냈겠니?

혜선 제가 고생시켰다는 말이세요?

명자 가장의 자리가 쉬운 게 아니잖니.

혜선 전 고생 안 한 줄 아세요? 왜요? 어머님 눈엔 어머님 아들이 벌어온 돈으로 제가 편하게 사는 것처럼 보였나요?

명자 그런 말이 아니잖니.

혜선 제가 얼마나 못 미더우셨으면 그런 마음을 갖고 사셨어요.

명자 (그게 아닌데 답답하다) 니가 잘 하는 거 다 알지. 또 얼마나 착하니. 차라리 못 미더웠으면 너희 가족 아예 안 보고 살았지.

혜선 모른 척하시고 사셨어야죠.

명자 그래도 어떻게 내 아들 식구들인데 모른 척하고 사니.

혜선 (기가 차다) 그래서 사사건건 간섭하고 잔소리하셨어요?

명자 무슨 잔소리를 했다고 그래?

혜선 기억 안 나세요? 왜요? 과거 일이 점점 또렷해지신다면서 저에게 한 말들은 다 잊으셨나 봐요.

명자 니가 속상한 일이 많았나 보다.

혜선 많았냐구요? 쓰레기 얘기 기억 안 나세요?

명자 …

혜선 제가 제 살림하는 데 쓰레기 버리는 것까지 어머님께 보고할까요?

명자 그건…

사이

명자 하루는 엘리베이터를 타고 내려가는데 어떤 애기 아빠가 출근길에 음식물 쓰레기 봉지를 들고 나왔더라고. 그런데 국물이 바닥으로 뚝뚝 떨어지고 있는 거야. 그래서 '이거 이렇게 들고 나오면 국물 다 흐르는데. 애기 엄마한테 비닐 하나 더 씌워달라고 하지 그랬어요.' 했지. 그랬더니 '괜찮습니다.' 이러는 거야. 남자들은 다 그래. 옆에서 하나하나 잔소리하고 챙겨주지 않으면 그런 걸 잘 몰라. 그래서 여자들이 그걸 다 챙겨줘야 하는 거지. 그걸 보고 나서 지훈이 생각이 나길래, '아범한테 음식물쓰레기 버리라고 시킬 땐 그냥 봉투만 딱 내주지 말고 국물이라도 흐르지 않게 봉투라도 하나 더 싸줘라.' 하고… 그 말만 했다. 근데 너는 '그런 건 다 알아서 해요.'라고 기분 나쁘다는 듯 말하더라. 그래서 내가 너한테 더 뭐라고 했니?

혜선 아범한텐 쓰레기 심부름 시키지 말라는 말 아닌가요?

명자 내가 설마 그러겠니?

혜선 어떻게 알겠어요!

명자 맞아. 다 알아서 하는 건데, 내가 널 못 믿어 그랬구나. 아무 말도 안 했어야 했는데. 미안하다.

혜선은 자꾸 명자가 말끝마다 미안하다는 말을 하는 게 너무 거슬린다.

혜선 어머님은 뭐가 그렇게 맨날 미안하세요? 정말 미안해서 미안하다고 하시는 거예요? 어머님 그 말 들을 때마다 제 가슴

속엔 불덩이가 쿵쿵 떨어진다고요.

명자 도대체 넌 왜 매사가 그러냐? 내가 너한테 뭘 그렇게 뭐라고 했다고? 말마따나 팔 년을 이러고 있으면서 언제 얼굴이나 한번 제대로 마주친 적 있니?

혜선 결국 속으로는 욕하면서 겉으로만 미안하다 하시는 거잖아요.

명자 (가슴을 친다) 내가 말을 말아야지.

혜선 팔 년 동안 어머님 혼자 저 사람 수발 든 게 억울해서 그러세요? 왜, 저 사람 저렇게 된 것도 제 탓이죠? 전 그동안 어땠는 줄 아세요? 당장이라도 죽어버리고 싶은 거 어린 시우 끌어안고 얼마나 울었는지 몰라요. 나 하나 죽는 건 문제도 아니지만 우리 시우, 그 어린 것이 치맛자락 잡고 같이 엉엉 우는 데 (가슴을 잡으며) 여기가 무너져서, 내가 이러면 안 되지 싶어 독하게 버텼어요.

명자 알지…알아…

혜선 저 사람 저러고 있대도 우린 살아야 하잖아요. 아니 우리 시우는 살아야 하잖아요. 내 새끼 살게 하려고 죽을힘을 다했어요. 전 지금도 그렇고 앞으로도 그렇고 시우 때문에 버티지 저사람 못 기다려요. 그런데 제가 왜 어머님 눈치까지 봐야 하냐고요. 저도 저 사람 때문에 죽겠는데.

명자 누가 눈치 보랬냐?

혜선 말끝마다 미안하다면서요.

명자 미안하니 미안하다 하지.

혜선 미안하다고요? 어머님 그 말 할 때마다, 저 사람 팔 년 간병을 어머님 혼자 했다고 유세하시는 걸로 밖에 안 들려요.

명자 (큰 한숨) 유세라니. 저렇게 누워있는 아들 둔 내가 죄인이지,

유세라니. 내 새끼. 저리 돼서 너 고생시킨 게. 그게 미안해서. 지훈이 때문에 너도 시우도 힘든 거 아니까 그게 죄스러워서… 내가 낳은 새끼, 어려서는 사람구실 하며 커야지 싶어 노심초사했고, 키워놓고 나니 가장 노릇 제대로 해서 제 식구들 책임은 제대로 질까 싶어 장가보내 놓고도 마음 편한 날 하루 없었지. 혹시나 내 새끼 때문에 남의 집 귀한 자식 고생시킬까 봐 그게 걱정돼서. 그런데 결국 저렇게 누워 있으니 다 내 업보지.

혜선 저 사람 저렇게 된 게 미안하셨다고요?

명자 그럼… 저 애 때문에 너희 고생하는 거 다 아는데.

혜선 그렇게 미안하시다면서 왜 이혼하라셨어요?

명자 너 고생할까 봐 그런 거 아니냐.

혜선 그 말은 어머님이 하실 게 아니라 제가 할 말이잖아요!

명자 그래… 지훈이가 저러고 있어봤자 너만 더 힘들고, 모진 일인 거 같아서 내가 다시 거둬와야지 싶었다. 근데 네가 싫다니 더 얘기 안했잖니. 다 니 생각해서 말한 거지 다른 뜻 하나 없다.

혜선 저 사람 보험금 때문이 아니고요?

명자 진짜 못하는 소리가 없다! 내가 내 새끼 목숨 값 받겠다고 이러냐? 어떻게, 너도 아들 있는 엄마가 그게 할 소리냐?

혜선 팔 년을 시중 들었으니 저한테 보험금 넘기기가 억울하셔서 그런 거 아니시냐고요.

명자 시우애미야! 지훈이가 지금 죽었냐? (울먹이며) 제 아직 살아있다. 그런 소리하면 못쓴다.

혜선 어딜 봐서 저 사람이 살아있어요!

감정이 격해진 두 사람. 거칠어진 호흡을 부여잡고 있다.
희한하게 두 사람, 이를 악물고 눈물을 참는다.

명자 내가 스물여섯에 막 시집와서 그렇게 우리 시어머니가 나한테 잔소리를 하더구나. 그분 눈에는 내가 살림도 제대로 못하고 못 미더운 것 투성이었겠지. 그래도 그땐 다들 그랬으니까, 그냥 참았어. 오히려 내가 매일매일 일부러 안부 전화해가며 아범이 먹고 싸는 얘기까지 다 해드렸다. 지금 생각해 보면 그건 잘한 거 같아. 나이 들면 걱정거리만 쌓여가는데 눈에 안 보고 살면 더 심해지잖니. 내가 전화라도 자주 안 드렸으면 그 잔소리가 얼마나 더 심했을까 싶다. 게다가 옛날 분들이야 진짜 아들밖에 몰랐잖아.
근데 우리가 애 키울 땐 아들이고 딸이고 똑같이 키우고, 똑같이 공부시켰다. 지훈이나 지연이나 똑같이 귀하게 키웠어. 그리고 며느리도 남의 집 귀한 자식이니 함부로 하지도 않는 시대잖니. 그래서 너한테도 조심하고 또 조심했는데… 그래, 조금 섭섭한 게 있다면 그냥 조금이라도 자주 연락 좀 해주지 싶었다. 물론 잘 살고 있고, 너도 잘하고 있는 거 아는데, 그냥 조금만 더 종종 안부 물어주지. 시어머니가 먼저 하면 며느리가 싫어한대니 나는 전화도 못 걸겠고, 혼자서 끙끙 참기만 하잖아.

혜선 애 돌보고 살림하고, 정신없으면 매일 전화 못 할 수도 있어요. 친정에도 제대로 연락 못하고 산다고요.

명자 알지 알아. 사는 게 바쁜 거. 그래서 그것도 이해했어.

혜선 섭섭하셨다고 대놓고 말하시면서 이해요?

명자 말이 나와 섭섭하다 한 거지…

혜선 그리고 솔직히 매일 사는 게 거기서 거긴데 딱히 전화해도 할 말도 없잖아요.

명자 별 할 말은 없어도 그냥 목소리가 궁금했던 거였다. 그래도 솔직히 늙은이들 언제 어떻게 될지 모르는데 가끔 그렇게 안부라도 물어주면 고맙잖니.

혜선 그런 어머니는요? 지난 팔 년간 시우 어떻게 크는지, 저희 힘들게 살지는 않는지 들여다보시긴 하셨어요?

명자 …

혜선 결국 자기 입장에서 생각하면 본인만 서운한 일들이잖아요. 무소식이 희소식이려니 사셨겠죠?

명자 걱정 많이 했다. 매일매일 새벽기도 나가서 너나 지훈이나 시우 위해 기도했고.

혜선 결국 그것도 어머님 마음 편하시려고 하신 거예요. 사람이란 게 원래 그래요. 다 자기만 생각하게 되어 있고, 자기만 세상에서 제일 안쓰러운 거거든요. 저도 제가 젤 불쌍해요. 그러니 우리 이제는 서로 위하는 척 말고 각자만 생각해요.

명자는 혜선의 모습을 멍하니 바라본다.
그런 명자의 시선을 피하는 혜선.

명자 들어보니, 나 때문에 니가 많이 힘들었겠구나.

혜선 그만하시라구요.

명자 미안하다.

혜선 (한숨)

사이

명자 그래도… 오늘 같은 날 꼭 이래야 하나 싶다.

혜선 이런 게 어떤데요?

명자 그냥… 좋은 말 해줄 수도 있는데.

혜선 좋은 말 오갈 사이는 아니잖아요.

명자 팔 년만인데…

혜선 저도 이런 이야기 하고 싶지 않았어요.

명자 하긴… 오늘 아니면야 언제 하겠니.

혜선 오늘로 끝이길 바라요.

명자 …

혜선 생각해보니 어차피 마지막인거 괜한 얘기 꺼냈다 싶네요. 그냥 이런 얘기 평생 속으로만 담아두고 말 걸 그랬나 봐요.

명자 아니다.

혜선 그냥 다 잊으세요. 지금 나눈 이야기들이요. 서운한 게 있어봤자 다 과거예요.

명자 이제 남이 될 것처럼 말하는구나.

혜선 …

명자는 멍하니 긴 숨을 천천히 내쉰다.
고요한 가운데 짧은 시계음이 들린다.

명자 시우는 어때? 속은 안 썩여?

혜선 잘 지낸다고 말했잖아요.

명자 얘야….

혜선 (작은 한숨) 네, 잘 지내요.

명자 열두 살이면 한참 말 안 듣고 할 땐데…그래도 시우는 순하지.

혜선 애 키우는 데 순한 게 어딨겠어요.

명자 그건 그렇지.

혜선 요즘은 핸드폰에서 손을 못 떼요.

명자 핸드폰이 있구나.

혜선 요즘 애들은 다 있어요.

명자 그래…

혜선 게임에 빠져서 하루 종일이에요.

명자 좀 하게 둬도 괜찮더라. 지훈이도 중학교 때까지도 매일 오락실 다니고 그랬어.

혜선의 가벼운 한숨. 답답하니 말을 잇지 못한다.

명자 아니다.

혜선 제가 일 다녀야 하니 신경 못 써줘서 애가 공부에는 영 재미를 못 붙였어요. 집에 가보면 집안 꼴은 엉망인데 시우는 방안에서 게임만 하고 있구요. 그거 보면 속상해 죽겠는데, 그 옆에 굴러다니는 과자봉지 보면 또 울컥하고…

명자 혼자 시우 키우느라 고생이지…

혜선 시우 생각하면 늘 미안해요.

명자 그래…그래.

혜선 예전엔 애교도 많고 그랬는데. 사춘기가 오는지 요즘은 말수가 많이 줄어서 대꾸도 거의 안 해요. (사이) 근데 그게 또 내 탓 같고…

명자 그때 남자애들 다 그런다더라.

혜선 지 아빠 저러고 있는데… 그냥 건강하게만 자라주면 고맙다 생각하는 거죠. 뭐…

명자 그럼. 건강하면 된 거야.

혜선 …

명자 딸도 그렇지만 아들이 유난히 클수록 말이 줄어서 엄마를 참 많이 외롭게 만들지. 너도 딸 하나 더 있었으면 좋았을 걸.

혜선 전 시우 하나로도 충분해요.

명자 요즘은 엄마들이 딸을 더 선호하잖아. 우리 때야 다들 아들 아들 했지만. 사실 키우면 다 똑같은데 말이야.

혜선 지금 생각해보면 시우가 아들이어서 다행이죠. 딸이면 애 두고 일 다니는 게 걱정이었을 거예요.

명자 딸이면 딸대로 아들이면 아들대로 손 가는 것도 똑같고 맘 쓰이는 것도 똑같지 뭐.

혜선 어쨌든 딸이 있었으면 싶은 적은 없어요.

명자 그래, 맞다. 내 새끼인데 아들이고 딸이고 무슨 상관이겠어. 다 이쁘지. 다 귀하게 키우고.

혜선 다만 힘들긴 해도 시우 혼자만 키운 게 아이한텐 미안하고 그래요.

명자 하긴… 둘은 있어야 서로 의지하고 그럴 텐데.

혜선 둘 낳을 형편이 돼야죠.

명자 애들은 낳아놓으면 다 크더라.

혜선 어머니 때랑은 달라요.

명자 …

혜선 형제가 없는 것도 미안한데, 혼자서 너무 일찍 철들어 버린 게 더 안쓰럽고…

명자 어차피 남자애는 커서 자기 가정 꾸리려면 철이 일찍 드는 게 좋다. 책임감도 생기고…

혜선　책임감 기르겠다고 고생을 사서 할 필요는 없잖아요.
명자　…. 그래 그건 그렇지.
혜선　어쨌든 시우가 많이 불쌍하죠.
명자　나도 맨날 시우가 눈에 밟힌다.

또 둘은 말이 없어진다.
이때 무언가 할 말을 해야 할 때가 되었다는 듯 천천히 입을 여는 혜선.
애써 명자를 무시하고 싶다.

혜선　이젠, 그만 해야겠어요.
명자　…
혜선　어머니 말씀대로 시우 때문에라도 안 되겠어요.
명자　그래.
혜선　죄송해요. 시우에게도 더 이상 이런 아빠의 모습이 더 안 좋은 거 같아요. 사실 제 마음도 다 정리됐고요.
명자　…안다.
혜선　저 원망하지 마세요. 그리고 어머니도 이제 편하게 지내세요.
명자　…
혜선　아마… (잠시 멈칫) 시우 아빠도 원할 거예요. 분명. 그 사람 누구에게 손 내밀고 기대는 거 못하잖아요. 특히 어머님한테 손 벌리는 거 죽어도 안 하는 사람이잖아요. 어머님이 이러고 계신 거 그 사람이라면 더 불편해할 거예요.
명자　…
혜선　어머님 속상하라고 하는 말 아니고요. 진짜 그럴 거예요.

명자 알지. 알아…

혜선 그러니 이제 놓아주세요.

명자 …

혜선 저도 어머님께 이런 말 하긴 싫어요. 그런데 가족 두 명 이상의 사인이 있어야 한다잖아요.

잠시 생각에 빠진 듯 말이 없어지는 명자.
그런 명자의 대답을 기다리는 혜선.

혜선 아까 선생님한테는 그렇게 하겠다고 말씀하셨잖아요.

명자 그랬지.

혜선 내일 오전 10시예요.

명자 …

혜선 (잠깐 명자의 대답을 기다리다 안 되겠다) 전, 일단 들어가 볼게요. 시우도 내일은 데리고 와야 하니까요.

혜선은 자리에서 일어난다.

명자 시우애미야.

혜선 네.

명자 (긴 한숨) 내가 이런 말 한다고 나쁘다 생각지 말았으면 좋겠다.

혜선 …

명자 그냥 하나만 부탁하면 안 될까? 아니 마지막으로 부탁하나만 하면… 안 될까?

혜선 어머니!

명자 안다, 알아. 내가 참 못됐지. 내가 나쁘다. 그치? 내 아들 살리자고 남의 귀한 딸 죽이는 거지?

혜선 어머니… 어차피 지훈 씨 이제 못 돌아와요. 아시잖아요. 억지로 목숨만 연명해 놓는다는 거. 호흡기 떼면 한시도 살아있는 사람이 아닌 거예요. 그 사람도 이제 편하게 가게 해줘야죠.

명자 알아. 걔도 그걸 원할 거란거. 당연하지. 이렇게 누워서 매일매일 엄마가 똥오줌 받아 치우는 거 걔가 알면 끔찍해할 거다. 군대에서 발가락이 부러졌는데도 집에는 한마디도 안 했던 애야. 지훈이도 그냥 보내주길 바라겠지.

혜선 맞아요.

명자 그래. 걜 보내야지 우리가 모두 사는 길이란 것도 안다.

혜선 근데 왜 그러세요.

명자 팔 년이면 지칠 만도 하지. 아무리 내 자식이지만 저렇게 누워있는 거 팔 년을 수발 드는 게 좋을 리 있겠니? 누워있는 지훈이 보다 너랑 시우가 더 걱정되고, 더 미안하고. 차라리 지훈이가 빨리 떠나주는 게 너희 모자에겐 더 나을 거다.

혜선 제 핑계 대지 마시고요.

명자 핑계가 아니고. 미안해서…미안해서 그래. 너희에게도 미안하고, 그리고 키우면서 제대로 해준 게 없어서 지훈이에게도 미안하고. 그래서 내가 많이 미안하다는 얘기 해주고 싶어서. 한 번이라도 깨어나 주면 그 말이라도 하고 보내주려고.

혜선 이제 와서 왜 그러세요.

명자 그냥 내가 감당할 테니 조금만…

혜선 그 사람 못 깨어나요. 뭘 기다리시려구요?

명자 그래도 어떻게 내 손으로 아들을 죽이라 하겠니.

혜선 얼마나 절 비참하게 만드실 거예요? 왜 저만 남편 죽이려는 못된 년으로 몰아가시는데요? 저는 뭐 이러고 싶어서 이래요? 저도 지난 팔 년을 미친년처럼 살았어요. 아니 살아도 산 게 아니죠. 남편은 저렇게 식물인간 돼서 누워있고, 아들은 하루가 다르게 커가고. 그래요, 제가 죄송해요. 저도 제 아들 키우느라 힘들어서 어머님 아들은 모른 척했어요. 솔직히 말할게요. 어머님 믿고 모른 척했어요. 어머님 아들이니까, 어머님이 책임지시겠지 싶었어요. 연명치료중단에 사인 안 해도 그만이겠죠. 어차피 전 계속 이렇게 제 아들만 챙기고 살아갈 테고, 어머님은 어머님 아들만 돌보며 살아갈 테니까요. 그런데요… 어머님 아들 때문에 제 아들이 힘들어요. 이렇게는 안 되겠어요. 제발, 저희 좀 살려주세요. (갑자기 무릎을 꿇으며) 제가 이렇게 빌게요.

명자 시우애미야… 이러지 마라. 제발… 이러지 마라. 아무리 그래도, 난 차마 내 손으로 사인은 못 하겠다. 내가 죽으라면 죽지 그건 정말 못 하겠다. 너도 자식 키우는 애미잖니.

혜선 제 아들은 어쩌라구요!

명자 미안하다, 정말 미안하다. 그냥 너한테 짐 안 짊어줄 테니, 내 아들 살려만 주면 안 되겠니?

혜선 (울부짖으며) 어머니! 제발요!

명자 (감정에 복받쳐) 그래! 너 원망 안 한다면 거짓말이지! 내가 어떻게 키운 아들인데!

혜선 …!

명자 어려서는 속이 깊어 힘든 거 내색도 안 하고, 커서는 부모 걱정시킬까 봐 제 하고 싶은 것 참고 투정한번 안한 아들이야. 결혼해서 처자식 먹여 살리느라 맘 편한 날 없었을 테고, 집에 가서도 처자식 눈치 보느라 제대로 쉰 적도 없겠지. 평생을 지 좋아하는 거 한번을 못하고 산 애다. 좋아하던 음악이나 하게 뒀으면 그래도 이렇게 되진 않았지 싶어서 내내 그 생각에 눈물 나고, 서럽고, 원망스럽고. 서른도 안 돼서 너랑 결혼하겠다고 말할 때 반대할 걸 그랬다고 후회했다.

혜선 그게 어머니 진심이에요.

명자 그래! 진심이다. 이게 진심이야. 이제 속이 후련하냐?

혜선 그렇게 어머님 아들 끌어안고 있으면 행복하세요?

명자 넌 시우 안고 불행하니?

혜선 남의 아들은 왜 들먹이세요!

명자 같은 아들 엄마끼리 왜 그걸 몰라.

혜선 제가 어떻게 어머님과 같아요?

명자 시우애미야!

혜선 어머님 마음 복잡한 건 어머님이 알아서 하세요.

명자 그냥 이혼해주고 나한테 보내주면 안 되겠니?

혜선 그렇게 아들을 잡고 놓지 않는다고 죽은 아들이 살아오진 않잖아요.

명자 (소리 지르며) 걔가 죽긴 왜 죽어!

순간 명자 옆에 놓여있던 검은 비닐봉지 안에서 귤들이 와르르 바닥으로 쏟아진다.

바닥을 굴러다니는 귤 말고는 모든 것이 멈춰진 풍경 같다.

병원 대합실의 시간은 12시를 넘긴다.

한참 후에야 명자는 주섬주섬 귤을 주워 담는다.

명자 지훈이가 귤을 정말 좋아했는데… 이 신 걸… 그렇게 좋아했는데…

혜선 …

명자 (봉지를 혜선에게 건넨다) 받아라.

명자는 가만히 있는 혜선의 손에 귤봉지를 쥐어준다.

명자 시우 맥여라.

명자는 천천히 돌아선다.
명자는 병원의 어둠 속으로 천천히 사라진다.

막

동시대단막극선 2

초판 1쇄 찍음 · 2019년 6월 11일
초판 1쇄 펴냄 · 2019년 6월 15일

엮은이 · (사)한국극작가협회 희곡아, 문학이랑 놀자 운영위원회
펴낸이 · 박성복
펴낸곳 · 도서출판 **연극과인간**
서울시 강북구 노해로25길 61
등록 · 제6-0480호 / 등록일 · 2000년 2월 7일
대표전화 · (02) 912-5000 / 팩스 · (02) 900-5036
http://www.worin.net

ISBN 978-89-5786-697-9 04810
ISBN 978-89-5786-651-1 (세트)

값은 뒤표지에 있습니다.

* 이 책은 (사)한국극작가협회에서 주최하고 희곡아, 문학이랑 놀자 운영위원회가 주관하는 사업에서
한국 문화예술위원회 지원금으로 출간합니다.